SHANGHAI LITERATURE & ART PUBLISHING GROUP

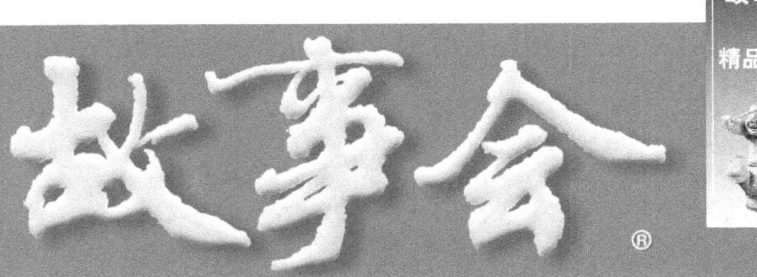

故事会
精品系列

美德故事

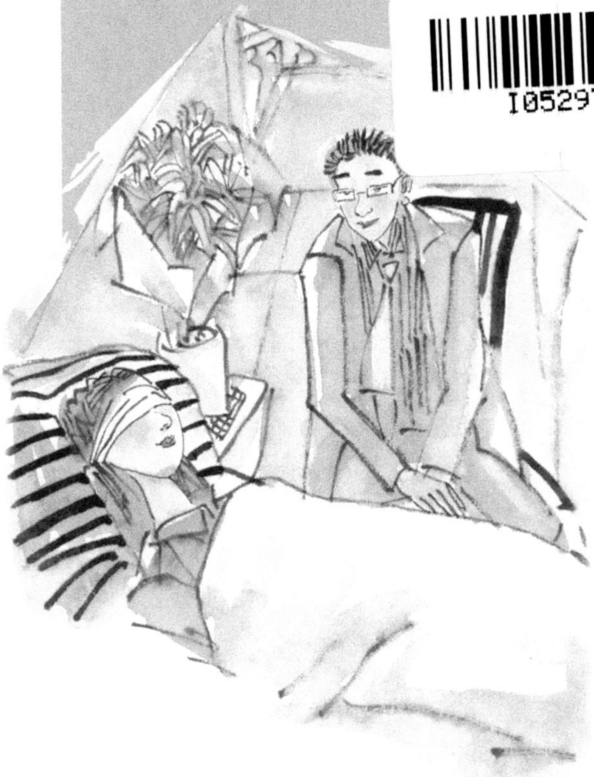

上海锦绣文章出版社
上海故事会文化传媒有限公司

上海文艺出版（集团）有限公司

图书在版编目 (CIP) 数据

美德故事 《故事会》编辑部编 – 上海：上海锦绣文章出版社
（故事会精品系列） ISBN 978-7-5452-0253-3
Ⅰ.①美...Ⅱ.①故...Ⅲ.故事－作品集－世界 Ⅳ.I14
中国版本图书馆 CIP 数据核字 (2009) 第 015620 号

丛 书 名：故事会精品系列

书　　 名：美德故事

主　　 编：何承伟

编　　 委：何承伟　 吴 伦　 姚自豪　 夏一鸣

责任编辑：刘迎曦　 鲍　 放

装帧设计：王　 伟

责任督印：张　 凯

出　　 版：　 上海锦绣文章出版社

　　　　　　 上海故事会文化传媒有限公司

POD 海外发行：　 中国图书进出口上海公司

　　　　　　 电话：021－36357888

　　　　　　 传真：021－36357896

　　　　　　 地址：上海市虹口区广中路 88 号

　　　　　　 邮编：200083

目　　录

见 义 勇 为

正义和善良一定会战胜邪恶，这是永恒的、绝对的必然。

死里逃生

　　一天午后,一辆黄色中巴正在一条乡间公路上开着,车上八个乘客全是清一色的男子汉,唯有司机是个年轻漂亮的姑娘。

　　乘客中有个姓阚的年轻小伙子,他望着司机的背影和一头披肩长发,心里不觉有点想入非非……

　　小阚正这么胡思乱想着,突然从后座站出三个人来,叫司机停车。车刚停下,他们竟然一拥而上,拉拉扯扯地强迫女司机陪他们下车一起"方便"。

　　小阚顿时醒悟:啊,这三个是流氓! 面对这一情景,他便想来个见义勇为。可歹徒是三个,自己单枪匹马对付得了吗? 他多么希望有人站出来和他一起干。可是坐在前面的几个乘客,有的闭目养神,有的低头昏睡,像是眼前发生的事根本与他们无关。

这可把小阚激怒了,只觉得浑身热血直往头顶涌,他不顾一切地大声喊道:"你们放开她!不许胡来!"

他原以为这么一喊可以镇住歹徒,把另外几个坐在前面的乘客鼓动起来,大家一齐动手,还怕对付不了那三个歹徒?可谁知那几个乘客竟像是冷血动物似的全都无动于衷。

倒是那三个歹徒反应很快,冷笑着说:"唷,哪里冒出个英雄好汉来啦,给他放放血!"说着一个个扬着尖刀,朝他走来。

说来也怪,到了这份上,小阚反倒一点不怕了,准备拼他个鱼死网破,于是胸脯一挺,拳头一捏,摆出了一副决斗的架势。

这时,女司机朝那几个乘客一望,见他们一个个都耷拉着脑袋,好像什么也没看见。女司机一下冲到小阚面前,伸手给了他两巴掌,怒气冲冲地指着他的鼻子说:"我跟你素不相识,用不着你多管闲事,我愿意,你管得着吗?"说完,回头冲歹徒挥挥手,"走,我陪你们走一趟。"

几个歹徒眉开眼笑:"好,够意思!"

就这样,三个歹徒丢下小阚,簇拥着女司机下了车,走进了树林子。

这下小阚糊涂了:姑娘受辱,自己挺身相救,反被她打了两巴掌,还挨了顿臭骂。他怎么也闹不清这是咋回事?

歹徒一走,车厢里的气氛立刻发生了变化,刚才那半死不活的几个乘客,一个个像打了强心针似的活跃起来了。坐在后排的那个小伙子把头伸出窗外,想从树林里看出点什么来,他旁边的两个年轻人便兴致十足地问道:"喂,看到什么没有?"

"没有,树林子黑乎乎的,啥也看不见。"

"哈哈哈……"

他们正说得起劲,那三个歹徒拥着女司机回来了,女司机头发散乱,脸涨得通红。

上了车,女司机理了理头发,冲着小阚说:"你给我下去。"

小阚不服气:"干吗要我下去,难道我没买票?"

"你马上给我下去,不然我不开车!"

三个歹徒一齐吼道:"小姐叫你下车,你就下去吧,免得我们动手扔你下去!"

一个干部模样的中年人也劝道:"小伙子,下去吧,千万不能逞强,好汉不吃眼前亏,走吧!"

另外几个乘客走上前去,一边劝一边拉,将小阚赶下车去。

女司机顺手拎起小阚的包,从车窗里扔了出去,接着一踩油门,开起车子就跑。

望着那远去的车影,小阚一肚子气没处发,冲着车屁股大声骂道:"王八蛋,一个个全是混蛋,最好翻到河里去,统统淹死……"他真想手里有支冲锋枪,瞄准中巴车扫上一阵,以解心头之恨。可他手里除了一个包,啥也没有,只得拖着疲惫的双腿向前走去。

小阚走呀走,足足走了五六里路,突然看见前边运河大桥上人声嘈杂,警灯闪烁。他知道那里定是发生了重大事情,急忙奔上前去,一问才知道,一辆黄色中巴车,司机是个女的,她把车开到大桥当中,大声叫道:"你们这些流氓、怕死鬼,统统见鬼去吧!"说完一打方向盘,汽车撞开桥栏杆,栽进了河里,看来车上的人一个也别想活……

小阚这才恍然大悟:原来女司机她……啊,好一位刚烈的女子!他情不自禁地对着河面,深深地鞠了一躬……

(佚　名)

夜行车上

　　家住东阳村的郝达东家借、西家凑,好不容易凑足八千块钱,他仔仔细细地把钱缝在一块布包里,又紧紧地绑在腰间,然后出门乘上南下的火车,去广州贩衣服。

　　郝达乘上火车,像小孩睡在摇篮里,很快便做起美梦来。到了半夜里,郝达被尿憋急了,他睁开睡意蒙眬的眼睛,迷迷糊糊地向车厢尽头走去。

　　他正东摇西晃地朝前走着,猛然听到前面传来一声断喝:"喂,识相点!"

　　郝达吃了一惊,一抬头,只见一个黑塔般的大汉举着把寒光闪闪的匕首,抵着自己的前胸。

　　啊,碰上劫车土匪了! 郝达吓得猛地往后倒退一步,一个急转身就逃,谁知却"扑"一声,和后面的人撞个满怀。一看,是两个姑娘,一个穿花格衬衣,一个套桃红罩衫。

两个姑娘从四只眼睛中射出阴冷的寒光,吓得郝达的两只脚像被钉子钉在地板上,一动也不敢动。他想,前有"黑旋风",后有剪径的"扈三娘",这下子完了!

郝达下意识地双手紧紧护着腰部,那地方掖着的可是他的希望,他的救命钱啊!他又看到两个姑娘的目光也直往他的腰部扫,顿时吓得内裤都湿了,人也摇晃起来。

突然,郝达只觉得身子被人一划拉,人顿时转了半个圈,等他睁眼一瞧,是那两个姑娘把他拨到了她们的身后。

郝达朝前一看,只见那黑大汉仿佛吃了一惊,两眼瞪大了,跨前一步,走到两个姑娘面前,右手往上挑了挑刀,淫笑道:"怎么,小姑娘还挺讲义气的嘛。既然如此,你们快把钱给我掏出来,没钱嘛,嘿嘿……"

郝达先是一愣:怎么,姑娘和黑大汉不是一个山头的?他不禁为两个姑娘担心起来,可看那两个姑娘,好像没听见似的,竟然动也未动。

此刻,那黑大汉又凑上一步,伸出左手向花格姑娘的脸蛋上摸来。只见花格姑娘一拧身,快得连郝达看都没看清,就听"啪"地一声脆响,一记耳光已扇在黑大汉的脸上。

黑大汉勃然大怒,一边揉着脸,一边不干不净地骂道:"喝,骚丫头,胆子可真大啊!"说着话,飞快地把刀横叼在嘴里,一晃身子,挥舞着双手就扑了上去。

没待郝达看清,只见花格姑娘在黑大汉扑上去的眨眼间,快如闪电地一个后仰,身子靠在了椅背上,几乎是同时,"嗖"地弹出了双腿。只听"哎哟"一声叫唤,那黑大汉就像一捆布匹被平着掼了出去,"咚"地重重地摔在了过道上。

接着,又见一道红色弧光"刷"地从那黑大汉的身上飞了过去,落在了他的身后。原来是那位穿桃红罩衫的姑娘堵住了黑大汉的退路。

两个姑娘的身手如此神快,看得郝达直伸舌头。

黑大汉从地上爬起来,揉了揉屁股,紧了紧腰带,攥紧了匕首,恶狠狠地骂道:"妈的,想跟老子较劲?也不打听打听爷爷姓什么叫什么。今儿我花了你!"说着,如一头恶狼,又扑了上去。

花格姑娘冷笑一声,照着黑大汉又来了个"兔子蹬鹰"。黑大汉这次被踹得离地更高,几乎撞到顶棚。还没等他落在地板上,只见桃红姑娘如闪电般的也躺了下来,屈着双腿,对准正在下坠的黑大汉"嘭"地又踹了一脚。

这下好了,那黑大汉仿佛成了一只大坛子,在两个姑娘的脚上被蹬来蹬去,而且姑娘传的角度极刁,又有变化,一会儿横着,一会儿竖着,一会儿正转,一会儿反转。

郝达完全忘记了刚才的险情,竟像欣赏精彩的杂技,忍不住叫起好来。

这时,整个车厢轰动了,人们纷纷围了上来,鼓掌助威。这么挤来挤去,反而把郝达挤到一边了。郝达猛然想到去找乘警,便立即转身挤出人群。

那黑大汉早已失去了威风,在空中飞来荡去,一双手脚乱抓乱蹬。两个姑娘倒显得挺轻松,你踢过来,我踹过去,好像不是在蹬一两百斤的人,倒像是在踢一只鸡毛毽子。

黑大汉受不住了,便连连求饶道:"好姑奶奶,求求你们,求求你们高抬贵脚,饶了我吧!"

他见两个姑娘还在不停地蹬来踹去,只得不停声地叫祖宗:"我的好祖宗,亲祖宗,饶了孙子吧!祖宗,祖宗,饶了我吧!"

两个姑娘轻轻地打了一声唿哨,悠悠地收了腿。那黑大汉像只死猪,"咣"地砸在地板上,早成了一摊泥,只有"哼哼"的份儿了。

花格姑娘对桃红姑娘说:"二姐,再练会儿?"

桃红姑娘回答:"行! 练熟了,还能出国!"

黑大汉一听,吓得再也不"哼哼"了,一下子爬起来,冲着姑娘就"咚咚"地磕响头,边磕嘴里边念叨:"祖宗,祖宗,您可别再拿孙子练手脚了!"

桃红姑娘冷冷一笑:"亏你长了这身肉,竟干这等事情,还不快把东西还给大家!"黑大汉一听,如得到大赦令,忙不迭地把刚才从别的车厢抢来的物品钞票拿了出来。

这时,郝达领着乘警赶来了。乘警简单地问了一下身边的旅客,然后走到黑大汉跟前,"哐当"用手铐铐上了他的双手。

乘警又来到两个姑娘面前,敬了个礼,说:"谢谢你们! 请问,两位是哪个单位的?"

花格姑娘嫣然一笑,说:"别客气,咱们是一家人!"

乘警眼睛一亮:"噢,你们是地方公安局的特警?"

桃红姑娘"咯咯"地笑着说:"哪儿啊,我们是铁路文工团杂技队的。我和我妹妹是蹬坛子的。"

乘警也笑了,指指身边的黑大汉说:"你们把他当道具了。欢迎你们经常来我们列车上寻找道具!"

大伙"哄"地大笑起来。

(范大宇)

大山里的小虎

　　青山乡初级中学三(2)班班长小虎,是个品学兼优的好学生。

　　一天放晚学,他在路上遇见一个和他年纪相仿的少年,满脸污垢,傻里傻气的,在捡别人丢弃在路旁的瓜皮啃。小虎觉得这少年实在可怜,便动了恻隐之心:我把他领回家,让他吃顿饱饭吧!

　　小虎的妈妈是个心地善良的山里人,见儿子领回个傻子,不但不生气,反而热心地添米做饭。

　　吃完饭,小虎想,这天也黑了,不能把人家再撵出去呀,留他过一夜吧。小虎烧了水帮傻子洗澡,还拿出自己衣服给他换。

　　嗬,这傻子洗了澡如同变了个人,白白净净的,如不傻,还真是个漂漂亮亮的小子哩! 小虎和妈妈耐心地问呀问,可这傻子只会说"豆豆"两个字。

豆豆是什么意思？猜想大概是他名字吧。后来小虎就和妈妈商量：先暂且把傻豆豆收留在家里。你想一个傻子在这大山里，要没人收留，就是不被野兽吃掉，也会冻死、饿死呀！

时间一晃就是半个月，小虎也没替傻豆豆打听到家人。不过，这傻豆豆倒和小虎处出感情来了，每天小虎放学，傻豆豆都在村口等他，见到他便高兴得手舞足蹈。

这天，小虎放学来到村口，没见到傻豆豆，心里一阵纳闷，还没进家门便叫了起来："妈妈，傻豆豆哪去了？"

妈妈迎了出来，把他拉到一边，说："别嚷嚷，你爸爸回来了，心情不太好，在喝闷酒呢！"

小虎小声问妈妈："傻豆豆呢？我今天放学怎没在村口碰见傻豆豆？"

"唉——"妈妈长叹一声。

原来，小虎爸爸今年春节一过便到临海市打工，没想到工程结束了，狠心的包工头却卷了民工的工资溜了。小虎爸爸本就是一分钱也要掰两半花的人，几个月白干了，心疼得不得了，这次还是偷爬火车才回来的。他心里窝着一肚子火，回来又看到家里收留个傻子，火"腾"地蹿了上来，一气之下，就把傻豆豆丢到大山里去了。

小虎一听，急了：这天一黑，大山里阴森可怕，傻豆豆肯定凶多吉少！不行，我得把他找回来。

妈妈一把拉住他："小虎，算了吧！你爸古怪小气，这脾气你不是不知道，你找到傻豆豆，他也不会让你领回家的。这些天我们对傻豆豆也算仁至义尽。你好好读你的书去吧！唉，这事也不是我们能管得了的。"

可小虎听不进去，丢下书包，一路小跑进山了。

天黑之前，小虎终于在一棵大树下找到了索索发抖的傻豆豆。

小虎鼻子一酸,眼泪就下来了。找不到傻豆豆,小虎急;找到了傻豆豆,小虎也急。现在带傻豆豆回家,爸爸一生气揍他一顿不说,肯定还要撵走傻豆豆呀! 望着傻豆豆这无依无靠的可怜样,小虎抱住傻豆豆掉下泪来。

小虎的哭声引来一个人,谁? 护林老人王爷爷。

王爷爷问明情况后,感慨地对小虎说:"孩子,难得你有这么一副好心肠! 这样吧,你把傻豆豆先放我这儿,跟我做个伴,以后要是帮他找到家人,再把他接走,好不好?"

这当然好啦,小虎听了破涕为笑,一蹦三尺高。

第二天是双休日,早上,小虎爸爸还是唠唠叨叨地训小虎,说他不好好读书,管闲事,收留个傻子在家里,这半月少说也吃了他家三十斤米。小虎想,反正傻豆豆已有了存身之处,于是便把爸爸的唠叨当耳边风,只顾埋头在一边翻看一张皱巴巴的报纸。

突然,小虎眼睛一亮,只见报纸中缝刊登了一则寻人启事,仔细一读:啊呀,这要寻的不就是傻豆豆吗? 你瞧这名字,这外貌,这衣着,不是傻豆豆是谁? 真是踏破铁鞋无觅处,得来全不费工夫! 小虎一跃而起,兴奋地叫起来:"傻豆豆找到父母了!"

小虎爸爸一愣,上来夺过报纸,等他看到这报上寻人启事,眼睛就大了:"……如有知情或收留者,请与临海市苏娜娜联系,电话8080800,重谢现金一万元。"

是寻傻豆豆呢! 乖乖,一万元!

小虎爸爸忙问小虎:"你从哪弄来这张报纸?"

小虎说:"这不是你包衣服回来的废报纸吗?"

小虎爸爸后悔得直拍脑袋:"我怎么早没看到! 我这就上山找,一万块,我打两年工也挣不了这么多。"说着便要出门。

小虎说："爸,这傻豆豆在大山里,一夜过来不被野兽吃了,也会吓死、冻死。人家说寻到活儿子,才给一万块呢!"

小虎爸爸听了,悔得又要拍脑袋。

小虎乐了:"爸,你别拍脑袋了。傻豆豆没事,被看山护林的王爷爷收留下来了。不过,你这下领到赏金,得分几千块给王爷爷。"

小虎爸爸急了:"这怎么行! 凭什么要分几千块给那偏老头? 小虎啊,你和傻子呆一起都呆傻了。我这就去把傻豆豆领回来,然后再到乡上给这苏娜娜打电话。哈哈,我家财气来了,怪不得我夜里做梦都在数钱呢!"

小虎爸爸急匆匆赶到王大爷那里,编个谎领回了傻豆豆,又屁颠屁颠地赶往乡上邮局,给苏娜娜挂电话。

很快,小虎爸爸便满头大汗跑了回来,一进屋,就赶过来拽下傻豆豆的鞋袜,抱起他的脚仔细瞧,末了长叹一声瘫倒在地。

小虎不明白呀,就问爸爸怎么回事。

小虎爸爸没好气地说:"你收留的这个傻子,不是人家要找的傻儿子!"

小虎不信:"不会呀,傻豆豆和她要找的儿子不是一个模样吗?"

小虎爸爸说:"人家苏娜娜在电话中说了,她家傻儿子脚背上还有块紫红的胎记! 我刚才看了,这傻豆豆没有! 唉,想想也是,一个大城市里的傻子,怎么可能跑到几千里外我们这山里来?"

"可是……"

小虎还没说,爸爸就发火了:"可是什么! 都是你干的好事,害得我空欢喜一场。现在你给我把这傻子再送给那看山的偏老头去,刚才我骗回这傻子,那老头还舍不得呢! 正好还他去!"

　　小虎这一点上很瞧不起爸爸,但还是觉得把傻豆豆送给王爷爷更合适。

　　小虎本来为傻豆豆找到了家人感到高兴,可没想到节外生枝。傻豆豆怎会和别人的傻儿子长得一模一样?世上真有这么巧的事?小虎感到非常奇怪。

　　话分两头,这里先按下小虎他们不表,先说临海市那个登报重金寻子的苏娜娜。

　　这苏娜娜是傻豆豆的后妈,她丈夫刘大牛,也就是傻豆豆的爸爸,是临海市仙人居大酒店的老板。没想到,一向活得潇洒的刘大牛,却突遭车祸身亡。

　　刘大牛死后,苏娜娜为了独霸这百万家产,伙同她的"大头"情夫暗地里把傻豆豆带出去,丢在几千里外的大山里,然后假模假样在报上悬赏重金找儿子。可万没想到,今天苏娜娜突然接到小虎爸爸的电话,差点儿把她吓死,她于是胡诌一气,把小虎爸爸唬回去了。

　　不过,苏娜娜还是放心不下,对她来说,只要傻豆豆还活在世上,就是致命的威胁,于是她赶忙用电话呼来情人大头,唆使他立马赶到那几千里外的大山里去,想方设法把傻豆豆弄到手干掉,再也不能留下活口了。

　　再说这大头几经周折来到青山乡,山路上,他拦住一个放学的少年打听情况。世上的事有时就这么巧,这少年正是小虎。小虎见有人在寻找傻豆豆,可乐了,这下傻豆豆能回家了。

　　小虎见眼前这男人,眼戴墨镜,手拎皮箱,西装革履,便问:"你是傻豆豆的什么人?"

　　大头见轻而易举就知道傻豆豆的下落,一兴奋便没把这学生娃放在眼里,于是随口答道:"我吗?我是傻豆豆的父亲。"

　　小虎仔细一看:不对呀,这男人这么年轻,能有那么大儿子?再说这父亲头这么大,怎和儿子一点儿不像呢?莫非这中间有诈？报上不是说有些坏人干坏事，拐骗一些小孩，然后把他们杀了，卖他们的器官？这家伙，是不是……想到这，小虎顿时紧张起来，绝不能让这家伙阴谋得逞。

小虎计上心头，于是笑着说："我这就带你去见你儿子。这回呀，你得好好感谢我爷爷，我爷爷可是个了不起的郎中呢，什么病他都会治。这半个月来，他每天上山采药给傻豆豆治病，傻豆豆现在能说一些话了，他说他家在临海市，他说他家电话号码是8080800，对不对？我爷爷准备再挖些草药给他吃，等他病全好了再送他回家，没想到你找来了，傻豆豆要是见到你这爸爸，肯定高兴极了……"

大头听小虎这么一说，心里"咯噔"一惊：什么！这傻豆豆傻病治好了？不可能！可这小子说得对呀！如果这傻豆豆能说话，会认人，我这一去不就露馅了？不行，我得另想法子！

于是，大头停下脚步，佯装笑脸："小同学，你说的这太让我激动了，我马上回去把豆豆妈妈喊来，我们一块来接豆豆回家。当然还要准备好多礼物来谢你爷爷。"说完，拔脚便溜了。

小虎顿时明白了，于是一路小跑赶到王爷爷那儿，把这情况说了，要王爷爷小心。

王爷爷手摸猎枪，乐呵呵地笑了："这辈子老虎、黑熊都被我斗败过，还怕一两个坏小子？"

小虎想，王爷爷现在毕竟岁数大了，还是不放心，他劝王爷爷晚上少喝些酒，千万别醉了。

王爷爷又一笑，手指身边的大黄狗说："醉了？我什么时候醉过？就是醉了，还有'大黄'呢！你放心，有我在，傻豆豆就不会有危险。"

小虎听了，也信心十足地笑了。

小虎原以为那大头吓跑了，其实没有，他悄悄地跟着小虎，来到王爷爷家附近躲了起来，准备等天黑再下手。

天黑了,大头溜了出来。虽然他早有准备,手里拿着从罐头里倒出的牛肉,但还是战战兢兢,他怕王爷爷家那大黄狗呢。

还没接近屋子,大头便听见那低低的"呜呜"声,大黄狗要向他进攻了,大头忙把手里的肉扔过去。大黄狗从没见过这么香的肉,忍不住便吃了起来。还没两分钟,大黄狗便倒在地上不动了,原来大头在这肉里拌了剧毒药粉。杀了大黄狗,大头胆大了,上来透过窗户朝里一瞧,嘿嘿,那老头酒气熏天,呼呼大睡,旁边躺着的正是傻豆豆。

大头想拧开门进去,把傻豆豆勒死,但又怕惊醒老头,那老头身边可有猎枪呢!干脆,一不做、二不休!于是大头悄悄摸进王爷爷的厨房,把毒药撒在水缸里,拌在饭菜里……老头,谁叫你收留这傻子,害得我好苦。哈哈,这下你到阴曹地府继续陪这个傻小子去吧!

大头正洋洋得意,突然厨房门"啪"一声关上了,大头一惊,忙返身来扳,可怎么也扳不开,急得满头大汗。

门扳不开,他只好又来扳窗户,可脸刚贴近窗户,便撞见一个黑洞洞的枪口:"别动,再动我就打死你!"抬头一看,他"妈呀"一声瘫了下来:窗外月光下,端枪的正是自己在路上碰到的那个学生娃。

原来,小虎回家后,越想越不放心,吃过饭,便提着自家的猎枪来陪王爷爷过夜。谁想刚到,正碰上大头毒杀王爷爷的狗。小虎怒火满腔,端起猎枪正要射击,这才发现自己匆忙中没带子弹。

怎么才能抓住这坏蛋?小虎急了。后来大头溜进王爷爷的厨房下毒,小虎见了,便像一只灵巧的山猫靠上来,出其不意地将门关上,并从外面扣死。这不,大头成了瓮中之鳖。

大头被抓,真相很快大白天下。苏娜娜、大头的阴谋破产,等待他们的是法律的严惩。

刘大牛的姐姐赶来,拉着小虎的手激动得热泪盈眶,当场表示要拿十万块钱,供小虎以后上高中、上大学。

小虎笑着说:"我以后上高中大学,凭自己的本事。"

小虎不要,刘大牛的姐姐硬要给,说:"你救了傻豆豆,把他当兄弟对待,送你一点钱还不应该?"

小虎没办法,只好说:"那你就把这钱捐给我们学校盖教室吧,我们大家都感激你!"

大家听了,情不自禁地鼓起掌来……

(钱　岩)

张大傻买老婆

　　八角寨有个叫张大福的,模样长得还端正,只是有点傻里傻气的,占便宜的事从来没有他的份,吃亏的事却十有八九离不开他,寨子里的人便叫他张大傻。

　　八角寨,地处边远贫困的山区,山多人少,连绵数十里的大山中,只有一条鸡肠子似的小路,七扭八拐地伸向山外。所以,八角寨的穷是出了名的,穷得寨里的妹仔躲瘟疫似的往山外飞,山外的妹仔用大花轿也抬不进来,三十好几、傻里傻气的张大傻便一直打光棍。

　　却说这一天,张大傻听隔壁寨子的贵生讲,他们那里有钱就能买得到老婆。这话儿,听得他心痒痒的,火烧猴子屁股般,揣上从牙缝里抠出来的两千多块钱,来到了贵生的寨子。

贵生真的给他当了介绍人,张大傻将两千块钱塞到了一个尖嘴猴腮的外地人手中,就领了个三十多岁的外地女子,沿着弯弯曲曲的小路往寨里走。

一路上,那女子不跟张大傻讲一句话,只是呜呜咽咽地哭,哭得眼睛红红肿肿的。

张大傻望着她那副悲伤的样子,老半天才想出一句安慰她的话来:"大妹子……我是老实人,跟了我,不会欺负你的。"

女子不搭腔,还是一个劲地哭。

"你是我用两千块钱买来的,跟了我吧!"张大傻再也想不出别的话来安慰她了,只好无可奈何地哀求她。

"大哥,"女子抬起泪眼,"求求你放了我吧,我有家有小,孩子还吃着奶呢。真的,不信你看……"说着,她就要动手撩沾有乳汁的衣襟。

"别……别……"张大傻急忙将脸扭向一边,"放了你?两千块钱不是打水漂漂了吗?那是我用血和汗换来的呀!"

"回去后,我变牛做马还你,行吗?"女子的眼中闪着希望的光。

张大傻窘着脸,嗫嗫嚅嚅地说:"不怕妹子你笑话,钱还是小事,三十好几的人了,就是想……"

女子听懂了他这句话的意思,感到没有希望了,泪水像断了线的珍珠,滚落下来。

就这样走走停停、停停走走,中午时分,他们来到了一个小村落旁。张大傻的家,离这个村落还要走三十多里山路。

张大傻指着一家小店,对那女人说:"进去吃点东西,填饱肚子再赶路,争取天黑前赶到家。"

女子抹了把泪水,道:"大哥,我吃不下,你自个儿去吧。"

张大傻劝道:"人是铁,饭是钢,千万不能伤了身子。"张大傻这时一点也不傻,嘴上这么劝,心里却在提防女子逃跑。

走到村前,张大傻瞅见一棵大榕树下,围了一群人。他从小就好奇,便对女子说:"去看看他们在凑什么热闹?"女子默默地跟着他。

走近一看,是宰牛的。树下绑着一头好大好大的黄母牛,四个蹄子朝天,头和背着地,嘴巴被手指粗的麻绳捆得严严实实,从喉腔里强挤出声音来,一声高一声低。离母牛十几步外,一头小牛犊卧在地上,对着母牛"哞哞"叫唤。

张大傻心里直嘀咕:这帮人真傻,牛是农家宝,他们也舍得宰?他瞥了那女子一眼,想催促她走,却见她痴痴地盯着牛犊发呆,一副心事重重的样子。

正在这个时候,一个五大三粗的黑脸汉子,赤裸着上身,提着一把寒光闪闪的牛角尖刀,杀气腾腾地走了上来。那头卧在地上的牛犊,猛地一跃而起,冲上前,一口咬住黑脸汉子手中的尖刀,嘴里呜呜咽咽地悲鸣,眼中"吧嗒吧嗒"直掉泪。

张大傻一怔,心头涌起一种异样的感觉,赶紧走开去。

"大哥,你救救它们母子俩吧!"跟上来的女子噙着泪请求他。

张大傻瞅了瞅女子,又瞅了瞅那两头牛,下意识地摸了摸腰包,无可奈何地摇了摇头。

女子又说:"我是有孩子的女人,知道母子分离的痛苦。你救了它们,我……我愿跟你过……"说着,两行热泪缓缓地从她的脸颊上淌下来。

张大傻心头一热,沉默了许久许久,才慢慢地从腰包里掏出几张钞票,说:"我就剩下这点钱了,救不了它们。"他停了停,吃力地咽下一口唾液,将钱重重地往女子手中一拍,"你,拿去吧……"

女子愣了片刻,方才醒悟过来,"扑通"一声跪在地上:"好大哥!"

张大傻买了老婆又放走这件事,很快便传遍了八角寨,寨子里的人都笑他,白花了两千块钱,连女人味都没闻到,真是傻透了顶。他听了一言不发,只是摇头傻笑。

过了一些时日。一天黄昏,一个操外地口音的女子,风尘仆仆地找到了张大傻的家。这女子顶多二十出头,长得还挺水灵的。

张大傻看了她半天,说:"我不认识你,你找错人了。"

姑娘说:"没错,是我表姐让我来的。"说完,姑娘的脸上泛起两团红晕。

这一下张大傻懵了,不解地问:"你表姐? 她是谁?"

"就是你前些日子放走的那个女人呀! 她夸你心肠好我……"姑娘羞羞答答地咽下了话尾。

张大傻这才记起了在宰牛树下放走那位买来女子的事,他长长地叹了一声:"唉,将心比心,我也是从小没有娘的苦孩子啊!"

姑娘听了,动情地喊了声:"大哥!"

这时,寨里的人越聚越多,当他们弄清了事情的来龙去脉后,羡慕地说:"傻人也有傻人福啊!"

第二天清早,张大傻便领着那女子下了山,寨子里的人估摸着,他该是去买结婚用品了。不料,过了好长好长时间,他却一个人孤单单地回来了。

大家惊讶了,一个劲地追问。

他闷了很久很久,才吐出这么一句话来:"那妹子才十九岁呀!"

一句话,把大家气噎了,纷纷指着他的鼻尖骂:"送到嘴边的肥肉,都不晓得吃,张大傻啊张大傻,世界上再没有比你更傻的了!

(翟展奇)

沉重的红十字

　　县医院内科病房最近来了一个市医学院的实习生，叫方刚，二十多岁，中等个头，身材瘦削，鼻梁上架着一副眼镜。由于他对待病人态度和善，因此病人们都十分喜欢他。

　　这天上午，方刚正埋头书写病历，这时办公室的门开了，走进来一位矮胖的中年医生，此人姓高，是方刚的实习老师。

　　高医生一手端着茶杯，一手拿张病历卡，走到方刚面前说："小方啊，刚才门诊收个病人，安排在我们主管的病房，你去给检查检查。"说完，把病历卡递给方刚。

　　方刚粗粗看了一下病历，该患者是个十四岁的女孩，农村来的，名字叫吕秀莲，门诊初步诊断她患的是"贫血症"……方刚于是放下病历，拿着听诊器匆匆来到病房。

只见四号病床上躺着一个女孩,面色苍白,脸庞瘦削,眼睛紧闭,呼吸显得很急促。女孩的床边站着吕秀莲的父母,五十多岁,穿着十分破旧,看到方刚走过来,赶紧往后退了退。

也许是听到了方刚的脚步声,吕秀莲睁开无神的大眼睛,她一见到穿白大褂的方刚,就用微弱的声音问道:"大夫,我的病能好吗? 能不能快点给我治好? 我还要回去读书呢。"说着,就挣扎着要坐起来。

方刚忙按住她,一边示意她不要动,一边安慰道:"小妹妹,别着急,你的病不严重,一定能治好的。"

听了这话,小姑娘那毫无血色的脸上,露出一丝微笑,说:"那我又可以上学了。将来我一定像大哥哥这样,当一名大夫,给好多好多的人治病。我们那里,看病要到几十里外的乡医院去,由于交通不方便,我才被耽误的……咳……咳……"话没说完,她就剧烈地咳嗽起来,憋得浑身汗如雨下,好半天才喘出一口气来。

方刚摆摆手,制止住还要说话的小姑娘:"小妹妹,想当医生吗? 那就树立起信心来配合我们治病,不治好病能当医生吗?好,现在别乱动,让我给你检查检查。"说罢,就把听诊器伸了过去。

检查完毕,方刚确定这个女孩确实患有"贫血症",但究竟属于什么性质的"贫血症",还须进行"骨髓穿刺"手术才能确定。于是,他给吕秀莲开了化验单,随后为她做了"骨髓穿刺"术,标本立即送化验室急检。

下午,方刚亲自到化验室取回化验单,和实习老师高医生研究后,断定吕秀莲患的不是人们谈之色变的"白血病",而是一种叫做"巨幼红细胞性贫血"的疾病,只是耽搁了最佳治疗时间。现在小秀莲的病有些加重了,当务之急是立即输血,以防止身体各个器官功能衰竭,危及生命。

最后,高医生吩咐方刚必须马上向家属交代病情。

方刚像接到军令状一般急匆匆地赶到病房,把吕秀莲的父母拉到走廊,压低声音说:"大叔,大婶,你们的孩子已确认为'巨幼红细胞性贫血',这种病并不可怕,经过输血和服药,完全可以治好。但由于她目前严重贫血,必须马上输血。现在,就跟我去取处方吧!"

吕老太听了,忙催促老头道:"老头子,快点跟大夫去!"

吕老头低头随方刚走几步后,突然停下来问:"方大夫,这输血得多少钱?"

方刚沉思一下,说:"大概得输五百毫升血,五六百元钱吧。以后输不输血,还要看病情的好转程度。"

"五六百元?咋那么多钱?"吕老头吃惊地张大嘴,又哭丧着脸说,"可我没带那么多钱啊。"

方刚说:"大叔,你能不能先想想办法,如果小秀莲再不输血,那就麻烦了,病情不等人啊!现在不是疼惜钱的时候。再说,没钱也得治病啊。"

吕老头紧锁眉头,吞吞吐吐地说:"这……这……那也得等我儿子来再说,家里他说了算,我当不了家。再说万一治不好,钱就白搭了。"

方刚听后急得双脚跳,他知道吕老头话里有话,是怕花钱后病治不好,弄得人财两空。可小秀莲的病一刻也不能等了!他一把拖住要回病房的吕老头,苦口婆心地劝说着。

可是,任凭他磨破嘴皮,吕老头就是不答应,非要等儿子回来不可。

方刚看他主意已定,只好说:"好吧,等她哥哥来了,让他马上来见我。"

快下班时,吕秀莲的哥哥才赶来。他找到正忙着给吕秀莲写病历的方刚,劈头就问:"方大夫,我妹妹的病现在怎么样了?

听说还要输血?"

方刚放下笔,站起来说:"你是小秀莲的哥哥吧,我正在等你呢! 小秀莲得了种贫血病,很容易治,输血后会好起来的。"

吕秀莲的哥哥听方刚这么一说,十分干脆地说:"能治就好。方大夫,你给开处方吧。我们身边没带多少钱,可就是砸锅卖铁,也要给我妹妹治病。我有一个朋友在县城做买卖,我这就去借钱。"

方刚赶紧开好处方,秀莲的哥哥拿着急步走出办公室。望着他远去的背影,方刚长长地松了一口气,放心地下班了。

第二天早晨,方刚因心里有事,离上班时间还有半个钟点,他就提早赶来了。

可他前脚还没踏稳,就被值夜班的护士叫住:"方大夫,那个叫吕秀莲的小姑娘病情转危,你快去看一看吧,值班医生已经给她的家属下'病危通知单'了。"

方刚猛吃一惊,忙问:"怎么回事? 昨天不是输血了吗? 怎么会这样呢?"

护士撇撇嘴说:"还输血呢! 直到现在她哥哥连人影都没见,哪来的血输呀? 我去催了好几回,吕老头烦了,还和我吵起来……"

方刚急忙来到病房,只见吕秀莲一动不动地躺在床上,呼吸更加急促,护士正给她吸氧气。

方刚俯下身子,轻声唤了几声,吕秀莲的眼睛微睁几下,就又闭上了。

方刚意识到,病人已经很危险,必须马上输血。他转过身,责问吕老头:"为什么不去取血? 处方不是早开了吗? 她哥哥哪去啦? 你们这不是拿人命开玩笑吗?"

面对方刚连珠炮式的发问,吕老头抱着脑袋一声不吭。吕老太哭着说:"他哥哥出去借钱时,也不知听谁说了些什么,回来后就说秀莲的病和白血病一样，不能治，就是好些了，将来也是'药篓子'，赔不起钱。留下一个赔钱货，倒不如让她死了干净。所以，她哥哥不想再给她治，怕你来追问，就偷偷地躲了出去。"

方刚一听，怒火中烧："愚昧，真是愚昧！这病咋能和白血病划等号？完全是两码事。我已经告诉他，这种病能治好，他怎么还不相信医生的话？我原还以为他很开明，没想到更糊涂！"

吕老太听完方刚的话，叹了口气，抚摸着孩子的头哭道："秀莲啊秀莲，方大夫说你的病能治好，你听到了吗？妈也舍不得你死哇——可、可妈说了不算数啊！呜——呜——"吕老太说着说着，放声哭起来。

吕老头本来抱着头蹲在一边，这时"蹭"地一下站起来，手指着吕老太骂道："臭娘们！你号丧什么？不能治就是不能治，一个丫头片子，死了又怎的？再说，你没看见这家医院是承包的，医生多开药多得钱，好多大夫都昧着良心开药，你能信他们的话？我们的事，不用他们管！臭丫头，书读得再好有啥用，让她快死，死了省份心！"

吕老头这顿夹头盖脑的痛骂，直骂得吕老太低着头，低声呜咽，不敢哭出来。

方刚在一旁听了，气得晕头转向，嘴唇哆嗦半天没说出话来。他举起颤抖的手，指着吕老头："你……你……你……简直不可理喻，我作为一个实习医生，能捞到什么好处？好，我这就走，记住，你们一辈子都要受到良心谴责的！"说完，一甩袖子，气冲冲地走出病房。

走到走廊，方刚被凉风一吹，头脑渐渐冷静下来。气归气，病人还得治，医生哪有不管病人的道理？他知道，农村人对疾病的认识还有片面性，只要把小秀莲的病治好，她的父母和哥哥会转过弯来的。那么下一步怎么办呢？思来想去，他想到请高医生出马，到医院给小秀莲说情。想到这，他急忙向办公室走去。

此时,高医生正坐在办公室里悠闲地吸着烟,品着茶水。从吕秀莲入院到现在,他只照过一回面儿,因为他对自己学生的医疗技术是很放心的。

方刚进了办公室,低声对他说:"高老师,吕秀莲现在病情危急,如不及时救治,后果不堪设想。可她的家属又不肯给她治疗,怎么也说不通。您看,是不是找找院长,给她适当免费治疗?"

高医生呷了一口茶,打量方刚一眼,然后慢条斯理地说:"小方,我理解你的心情,我看那个孩子也挺可怜的。不过,她有父母和兄长,再穷,这几百元钱的医疗费想来也不成什么问题。虽然家属现在还转不过弯来,我想经过耐心说服,是可以接受劝告的。我看……"

方刚焦急地打断他的话:"可是,这样拖下去,吕秀莲还不死路一条?高老师,你还是给想想办法吧!"

高医生显然被方刚的语气激怒了,他放下茶杯,也加重语气说:"方大夫,好好学你的临床技术得了,少管闲事!要找院长,你去,我不想惹一身臊!"说完,摔掉烟蒂,拿起一张报纸,不再理会尴尬的方刚。

方刚被呛得怔怔地站在那里,好半天没回过神来。他怎么也想不通:自己一向敬重的高老师,居然会说出这样的话来?

方刚心里十分烦乱,想想自己只不过是个实习医生,兜里同样也没几个钱,想帮忙也帮不上。最后,他一咬牙,心说:罢了,别的没有,自己总还有血。于是他跑到化验室去验血型,巧得很,他的血型正好和吕秀莲的相符。

就这样,方刚两百毫升鲜血缓缓地流进了吕秀莲的血管内。

吕老太摇着女儿的手,老泪纵横,激动地说:"秀莲呵秀莲,方大夫把自己的血输给你了,你得谢谢人家呵。"

吕秀莲听了,扭过头来,吃力地说:"谢谢你,方大夫。"

　　方刚朝她笑了笑，翕动着双唇，刚想说什么，忽然觉得天旋地转，眼前一黑，倒了下去。

　　两百毫升血，对一个健壮的人来说不算什么，可对于瘦弱的方刚来说，无异于雪上加霜。他病了，发着高烧，烧得直说胡话，嘴里总是说："好了，好了，小妹妹，你又可以上学了。"

　　在乡下教书的父亲，听说儿子生病了，急忙赶到县医院。他握着儿子滚烫的手，望着儿子因献血而显苍白的脸，心疼得直掉眼泪。不过，这位老教师又为儿子这种无私的行为感到高兴。方刚病了一个多星期，在父亲的精心护理下，才好转起来。

　　这天，方刚正在喝父亲给他熬的小米稀饭，忽然，宿舍门被推开，和他一起在内科实习的护士小刘跑进来，说："方刚，不好啦，你快去看看吧，吕秀莲的病情又加重了。你给吕秀莲输血的事，她哥知道后，二十岁的大小伙哭得泪人似的。他说他自己拿妹妹性命当儿戏，没有人性。他要去县城朋友那里借钱，若借不到，就马上回乡下。可一个星期过去了，人还没有来，乡下穷，钱恐怕不好弄。现在吕秀莲病情又加重了。那个孩子好可怜啊！方刚，你快想想办法吧。"说着，小刘的眼泪就流下来了。

　　方刚听后，脑袋"嗡"的一声，险些又晕倒，他"蹭"的一下从床上跳下来，穿上鞋跌跌撞撞向病房奔去。

　　来到病房，他扑到吕秀莲病床前，只见吕秀莲双目微睁，呼吸细弱。他给吕秀莲测了测脉搏，知道此次比上一回更加严重，不能有片刻的延误了。

　　怎么办？怎么办？方刚在走廊里焦急地来回走动着，小刘在一旁一声不响地看着他。忽然，方刚想起一起实习的同学们。对，何不找他们想想办法？于是，他吩咐小刘分头去各科召集同学们。

　　不一会，同学们都来到方刚的宿舍，方刚简略地给大家说了吕秀莲的情况，希望他们伸出援助的手，挽救吕秀莲的生命。

这时,一直坐在一边没言语的方刚父亲说话了:"是呀,我们大家紧巴紧巴,或许就能救这个孩子一条命。方刚,也算我一份,给,这是两百元钱,本来是给你治病的,现在既然这个孩子需要钱,就给她吧。"说完,把钱递到方刚手里。

同学们听方刚说了吕秀莲的事情后,早生同情之心,见到并不富裕的老教师这样慷慨,于是,你三十、他五十,角币、分币在方刚面前堆了一堆。

方刚激动得热泪盈眶:"这下吕秀莲就有救了,将来,她不会忘记你们的。"

大家七手八脚地把钱整理好,交给方刚,一起快步向病房走去。

刚过走廊口,方刚看见吕秀莲住的那间病房被人围得水泄不通,里面传出吕老太撕心裂肺的哭声。方刚知道大事不好,他跑过去分开众人奔进去,只见吕秀莲已被护士抬上运尸车,她的双眼圆睁着,迷茫地望着天花板,眼角挂着泪珠,嘴微张着,似乎要向人们诉说什么。

这时,只听"扑通"一声,有个人跪了下来,只见他灰尘、汗珠涂满一脸,声音嘶哑地喊道:"妹妹,我来迟了!是我害了你啊!"他边说边把头往运尸车上撞。

方刚和同学们都愣住了。方刚捧着钱的双手无力地垂下来,钱,撒得遍地都是。不知是因为怨恨还是怜悯,方刚闭上了眼,紧锁着眉,浑身颤抖,脸色灰白……

(孙　玲)

扶 危 济 困

如果这个世界上有人刻骨铭心地记住你，那就是幸福。

风雪路上

娟子到省城打工已经三年了,这天,她突然接到父亲打来的长途电话,说她母亲病重,让她赶快回家。娟子急忙买了一张火车票,匆匆赶回家。

娟子的家在辽宁西部的大青沟,每次回家,她都要先从省城乘火车到县城,然后再在县城的长途汽车站乘汽车,才能回到那个生她养她的小山村。路上只要稍微晚那么一点,就赶不上那班长途汽车,她就得在县城住一个晚上。

可是这天,一场罕见的大雪使火车晚点了两个多小时,娟子下了火车,气喘吁吁地赶到汽车站的时候,那班长途汽车已经开走半个多小时了!在空空荡荡的长途汽车站,娟子想起病重的母亲,急得哭了起来。

就在这时,一些专门在车站发"雪难财"的摩托车个体运输户,就像饿狼发现猎物似的,"呼啦"一下就把娟子围住了。

"你是不是去大青沟?现在已经没有长途汽车了,坐我的车走吧……"

娟子对这些看上去十分热情的个体运输户是非常了解的,别看他们现在一个个嘴像抹了蜂蜜似的,说的比唱的还好听,一旦你真的上了他们的摩托车,那可就上了贼船了:摩托车开到上不着村、下不着店的山路上,有些车主立刻就会把脸一变,让乘客加车费,如果不加,就把你扔在荒无人烟的大山上;更有一些不法之徒,以载客运输做幌子,对单身女乘客劫财劫色。

刑事案件时有所闻。

面对这些个体运输户,娟子怎么敢上他们的摩托车呢?

正在犯愁的时候,只见一个身穿火红色羽绒服、脚穿白色雪地棉鞋的年轻姑娘,手里拎着一个摩托车头盔,笑吟吟地走过来,对娟子说:"小妹妹,你坐我的摩托车,总该放心了吧?"

这个姑娘长得眉清目秀,体态苗条,看上去也就是二十五六岁,坐她的摩托车肯定不会出什么事,娟子连忙答应说:"大姐,我就坐你的车。"

那姑娘把娟子带到一辆摩托车前,说:"路上风大,你先去买一个口罩戴上,不然摩托车一开起来,冷风直往肚子里钻,你会得病的。"

"哎!"

娟子急忙跑到附近一个杂货店买了个口罩戴上,果然觉得暖和多了,她回到摩托车旁的时候,那个姑娘已经戴上口罩、头盔、皮手套,一切武装完毕,骑在摩托车上等着她了。

娟子坐到姑娘后边,说:"走吧!"摩托车"噌"的一声就开走了。

摩托车在风雪中驶上了盘山公路,风"呜呜"地吹着,雪飞飞扬扬地下着,娟子紧紧靠在姑娘的身后,非常感激地说:"大姐,谢谢你!要不是遇上你,我今天说什么也不敢坐那些大老爷们的摩托车……"

开摩托车的姑娘就像没听到娟子的话似的,什么话也不说。

由于刚下了一场大雪,弯弯曲曲的盘山公路上,积雪足有半尺多厚,摩托车行驶起来颠簸得十分厉害,司机不时地叉开两条长腿,用两只大脚控制着摩托车的平衡。

就在这时候,一个意外的发现使娟子大吃一惊:她看到这个姑娘两只脚上的女式雪地棉鞋,竟变成了男式长筒大皮靴,这双大皮靴看上去最少也有四十五码,很显然,这是一个男扮女装的"姑娘"……

此刻,娟子全明白了,刚才那个年轻姑娘趁她去杂货店买口罩的时候,使了个调包计,把她骗上了这个男人的摩托车。那个姑娘为什么要这么做呢?难道是和这个男人合伙儿打她的坏主意?想到这里,娟子不禁吓出了一身冷汗。

天渐渐地黑了下来,弯弯曲曲的盘山公路上,前前后后只有这一辆摩托车在行驶,路两边的山坡上和树林里,看不到一个人影儿,娟子坐在摩托车上,真有一种上了贼船的感觉……

摩托车在风雪中颠簸着向前行驶,娟子的心都快提到嗓子眼儿了,她甚至做好了拼命的准备。

不知过了多长时间,摩托车突然"嘎"的一声停了下来,这个男扮女装的驾驶员摘下头盔,看了看娟子,说:"下来吧!"

娟子意识到最危险的时候到了,她一下子从摩托车上跳下来,颤抖着往后退了一步:"你……你想干……干什么?"

天已经完全黑了,借着路边积雪反射出的微弱的光,娟子看到这个摩托车驾驶员果然是一个浓眉大眼、留着络腮胡子的男人。

娟子下意识地抓起一团雪,一边后退一边说:"你别过来……你过来我就跟你拼命!"

看到娟子这个紧张的样子,这个留络腮胡子的男人突然哈哈大笑起来:"哈哈……你好好看看,都到家门口了,你紧张什么!"

娟子这才发现,盘山公路下面的山沟里,正是大青沟村那一幢幢闪着灯光的农舍,刚才只顾胡思乱想,到家门口了自己都不知道。她有些不好意思地说:"换驾驶员,你怎么也不告诉我一声?"

那驾驶员笑着说:"对不起,我和姐姐在长途汽车站看到你着急的样子,就知道你一定是有急事儿赶着回家,可是你又不敢坐男人的车,我们只好使了个调包计。再说,这么大的雪,哪个女人敢开车?快回家吧,我用车大灯给你照路!"

此时,娟子才看清,这个摩托车驾驶员,是个和她年龄差不多的小伙子。在摩托车大灯发出的一束强光中,娟子一边往家走,一边含着热泪说:"谢谢你……"

(崔新三)

你是一盏灯

　　腊月廿七,天寒地冻,还下着毛毛细雨,一辆满载乘客的长途汽车,吃力地在山区公路上爬行。车上的人有的在静心思想,有的在闭目养神,也有的在说说笑笑……

　　突然,汽车在路边停下,熄了火,驾驶员拉开车门下车,一头钻进了车底下——显然,汽车抛锚了。

　　在这种时候,又在这样的地方抛锚,乘客当然格外焦急,车厢里顿时喧闹起来,有人后悔不该坐这样的破车,有人担心万一车修不好怎么办,有人还说:"乘这样的破车还要硬收 100 元,比票价多要了 30 元,简直是敲竹杠……"都嚷嚷着要退票。一个长发姑娘更是满脸愁容:"天哪,要是回不了家,叫我咋办呀?"

　　姑娘的身旁坐着一个转业军人,他叫夏商,刚才他和姑娘两人一直在聊天。夏商入伍前是一家汽车修配厂的技术主管,当年为了参军,毅然放弃了高额收入,入伍后干的依然是汽车修理,对排除汽车上的这类故障,可说是"小菜一碟"。他让姑娘别急,等等再说。

大约过了十多分钟,驾驶员上了车,愁眉苦脸地告诉大家:车没法修了。

听他这么一说,群情激愤,有哭的,有叫的,有骂的,也有跳的,众口一词:退票,马上退票!整个车厢里一片混乱。

驾驶员哭丧着脸说:"我跟你们说,我也不想车坏,可它偏偏坏了,叫我咋办?看看你们当中有没有会修车的,谁能把车修好,我出 300 元。"

他见没人应声,又说:"300 元太少是不是?那就给 500!"

夏商迟疑了一下,说:"我来试试。"话音刚落,车上所有人的目光都集中到了这个年轻人身上。

驾驶员见有人愿修车,而且看样子还是个退伍军人,心里十分高兴,笑着说:"好,果然是重赏之下必有勇夫!"

夏商摇摇头:"不,我不要你的赏,但有个要求,你得把多要的车费退还给大家。"

驾驶员一听呆住了,心想:车上坐了 62 个人,每人 30 元,总共得 1860 元,这可不是小数呀!但他很快权衡了利弊,当即答应说:"只要你把车修好,就照你说的办!"

夏商便动手修车。半个小时后,他从车底下钻出来,顾不得洗手,对驾驶员说:"车修好了,快退车费吧。"

驾驶员一试车,果然好了,只得数出一沓钱来,交到了夏商手里。

夏商接过钱,上了车,对大家说:"诸位静一静,有件事想跟大家商量一下。"他指了指身旁的长发姑娘,"昨天下午,她在车站被人偷了钱包。她是出门打工的,一年的血汗全打了水漂,现在身上连吃饭的钱也没了。我和大家一样,和她素不相识,她的情况是刚才在车上知道的。我建议,大家把退还的30元钱捐出来,让她也能过个欢乐的春节,大家以为如何?"

开始,众人只是静静地听夏商讲话,末了,车厢里爆发出一阵热烈的掌声。

夏商高兴地说:"现在一致通过,谢谢大家的一片好心!"

他话音刚落,驾驶员凑过来说:"也算我一个吧。"说着也递过来30元钱。

夏商连声说"谢谢",然后把一叠钱递到了长发姑娘的手里。姑娘激动得什么话也说不出,只是流眼泪。

汽车排除了故障后,一路顺风到达终点站,乘客们都高高兴兴地各奔前程。

夏商回到家,打开旅行包,无意中竟发现了厚厚的一沓钱,还有一张纸条,纸条上歪歪扭扭地写着:我和你陌路相逢,不知你姓啥叫啥。请原谅我吧,我不该说假话欺骗你。钱,我不能收,如数归还。你是一盏灯,将永远照亮我人生的路程,谢谢你。

显然,字条是那位姑娘写的。

夏商看完后,抓起那一沓钱,挠开了头皮:这笔钱叫我还给谁呢?

（佚　名）

人海茫茫

高速公路开通,市里长途汽车站热闹了。

车站广场边,有一家"欧铁匠风味面食馆",招牌叫得响亮,却不过是一个排档摊。摊主欧强原是锻压机床厂的锻工,凭着一张下岗证办了饮食营业执照,自谋出路重新就了业。

汽车站同火车站相邻,客人川流不息,这是做饮食生意的黄金地段。可欧铁匠起早摸黑,勤干苦挣,一年下来却也赚不了几文大钱。

原因就在于他做生意太实在:下锅煮二两面,分量绝对是100克;握铁锤的大手舀出一勺荤臊子,稳稳当当,不洒不颤。可饮食业的利润就捏在自己手中,广场四周全是过路生意,就算是货真价实,也引不来回头客。

旁边的摊主罗嫂是棉纺厂下岗的挡车工,她总笑欧铁匠憨笨,可欧铁匠答的是硬铮铮的一句话:"打铁的不宰人。"

年关的一天傍晚,欧铁匠趁空收拾着摊位。他看到旁边花圃前蹲着一个男青年,小伙子天黑前就蹲在那里了,时不时地偷瞅着那几个摊位,瞧他一身灰不溜秋的化纤西服,不像回家过节的民工那样提包扛箱、兴高采烈的样子,而是一副苦瓜相,落魄之中带着几分凄凉。

欧铁匠热情地招呼他:"过来呀,我这里分量实在,价钱便宜。"

小伙子怯生生地走过来,从袖筒里伸出一只脏兮兮的手,摊开巴掌,现出捏成一团的皱巴巴的两角纸币,紧接着又合上手掌,喉结蠕动着,小声地说:"老、老板,要两角钱素面……不不,面汤,行不? 我只有两角钱……"

几个闲着的大排档摊主哄笑开了。

罗嫂见欧铁匠打开液化气罐开关,点燃了灶上的火,瞪了欧铁匠一眼,哼起了曲子:"你心太软,心太软……"

小伙子窘得眼里冒出了泪花儿,扭转身子正要离去,不料欧铁匠的大手重重地搭在他的肩上:"你请坐,面立马就煮好了。"

片刻,一大碗热气腾腾的素汤面端上了桌。小伙子看了看那碗面,迟迟疑疑地瞟了欧铁匠一眼,眼角滚下了泪珠。又见他双手捧起碗来,拿着筷子却不搅不拌,狼吞虎咽地大口吞着,四周的人看着小伙子那种饿相都愣住了。不一会儿面光汤净,他又用筷子尖将碗底的一星葱花挑进嘴里,咂咂嘴,恋恋不舍地放下了空碗。

欧铁匠面无表情地问:"你咋会混到这种地步?"

小伙子叹了口气说:"唉,我到外省打了半年工,年底包工头把钱卷走了,这还是逃票回来的……证件、铺盖、行李,全被扣在工地上……"

欧铁匠又问:"听你口音,不是本市的嘛!"小伙子说出了一个和此地相距两百多公里的偏远小县的县名。

小伙子失神地望着广场,辛酸地说:"老板,谢谢了,我要走了……"他把那两角钱放在桌上。

"等一下。"欧铁匠从人造革围裙的口袋里掏出两张百元钞票,走过去硬塞到了小伙子的手里,"乘汽车,你可不能再逃票了,买张车票回家吧。年关了,再多多少少给家里带点东西。"

小伙子惊呆了,手里拿着的钱像是烧红的炭团,烫得手直颤抖,喃喃地说:"不、不,素不相识,这咋个要得哟?"

欧铁匠淡淡地一笑:"人都免不了有个为难的时候……"

小伙子腿一软,直挺挺地跪下,抱着欧铁匠的腿,号啕大哭:"好人啊,您是个好人,钱我一定会还您……"

欧铁匠把小伙子扶起,说:"我相信你。一个当了三十年锻工的人,看的就是火候,我不会走眼的。"

小伙子千恩万谢地走了。

小伙子走后,罗嫂从自己的摊位走到欧铁匠的摊前,冷嘲热讽道:"真没看出来哟,欧铁匠还是个活雷锋呐!广场上骗子少啦?你还说不会走眼,人生面不熟的就给了两百元,咋不再多给五十元?"

再给五十元便是"二百五"了,欧铁匠气得直冒火,他拿起刚盛过素汤面的碗,在桌上重重地一顿,说:"我刚才煮的那碗面忘了放作料,懂不懂?那是碗无酱无醋无盐无油的面,不是饿极了,谁个能吃下一大碗啥滋味都没有的素汤面?"

众人想起小伙子吃面时的情形,全都惊愕得张大了嘴巴开不了腔。罗嫂向长途汽车站的候车大厅望了一眼,像是在寻找那小伙子的身影,可人海茫茫,小伙子早已不见了……

(高淑清)

真 诚 待 人

真诚才是人间最高的美德。

寻找乐趣的人

　　老工程师李一良这一天从湖南到上海来出差,他乘坐的火车进上海站的时候,已经是晚上九点钟了。坐了一整天火车的老工程师不愿多走路,就在火车站附近的一家小旅社住了下来。

　　旅社服务员把老工程师领进了一间只有两张床位的小客房,那里面已经住了一位娃娃脸的小伙子。

　　小伙子见老工程师进来,立刻皱起了眉头,然后又对他点点头,出去打了一盆洗脸水,说:"看样子您是累了,快洗洗脸休息吧!"

　　让素不相识的人给打洗脸水,老工程师有点过意不去,就顺着小伙子的话说:"对对,早点休息! 哎,坐了一天车,该把我这个神经衰弱的毛病治住了,今晚可以睡个好觉啦!"

　　小伙子一听，又皱了皱眉头，不说话了。等老工程师洗完脸，小伙子突然对他说，他还有点事情要出去一下，请老工程师只管先睡觉。

　　小伙子走了，老工程师倒水回来就拉熄电灯上床睡了。

　　这时候已经是晚上十点多了，旅客们已陆续休息，旅社里面渐渐安静下来了。可老工程师却睡不着了，他感到小伙子的行动有点奇怪呵，这么晚还出去干什么呢？为了谨慎，他坐了起来，把钱包从裤兜里摸出来，压在了枕头下面；又把旅行袋从床下拎出来，放到了枕边，这才闭上了眼睛，可仍然睡不着。

　　夜更深了，旅社里静得出奇，但是，小伙子还没走回房间来睡觉。他干什么去了呢？老工程师无从推测，只好强打精神在床上等着。

　　一会儿，老工程师听见走廊上传来了一阵很轻很轻的脚步声，然后房间的门被人"吱"一声推开了，这个小伙子蹑手蹑脚地走了进来。这一下，老工程师不免有些紧张，但仍沉住气，一动不动地注视着他。

　　只见小伙子在房间当中站了站，似乎是在听什么动静，接着，又朝自己走了过来……老工程师心跳得更急了，气也喘得快了。

　　那小伙子像是发现老工程师没睡着，便退回到自己的床边，也不拉被子睡觉，却在床边直挺挺地坐下了。

　　老工程师更纳闷了：他到底是为了什么呢？

　　老工程师看着，想着，但仍不见小伙子有什么动静，只是坐在床上，不睡也不动。这时，老工程师感到实在太疲倦了，身不由己地闭上了眼睛。

　　第二天一早，当走廊里的人声把老工程师惊醒的时候，小客房里已是满屋金光了。老工程师赶紧用后脑勺抵抵枕头，只觉得硬邦邦的，钱包还在；又伸手摸摸旅行袋，安安稳稳的，仍在枕边。这时,他那颗心放下了。

老工程师再侧身一看,小伙子早起床了,正聚精会神地坐在小桌边读一本什么书呢!老工程师翻身坐起,正要说话,谁知小伙子起身走了出去,等他回来的时候,给老工程师端来了一盆洗脸水。

老工程师慌忙接过洗脸水,忍不住问起昨晚上的怪事来。

小伙子脸一红,说:"我的鼻子有毛病,一睡觉就鼾声震天,我怕影响你休息,所以一直等到你睡着后才躺下。"

老工程师这时才恍然大悟,感动地说:"可是,你太苦了自己呵!"

小伙子笑笑:"自己虽然苦一点,但有时会得到一种乐趣。我想,为人在世,帮助别人是一种乐趣;不令人讨厌,这也是一种乐趣哩!"

后来,两个人分手的时候,老工程师留下了小伙子的姓名和地址。他相信,能和这样一位很懂得人生乐趣的人保持联系,也是一种乐趣。

(聂建长)

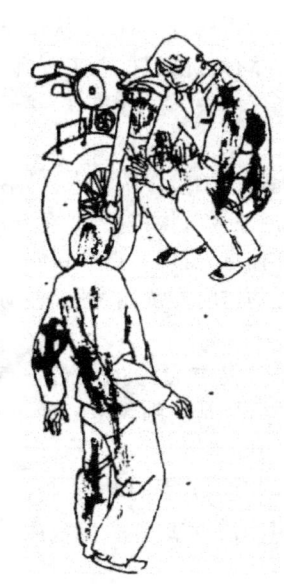

还

债

有个工人叫简文国，最近下岗了，一时找不到活干，心里总是郁郁闷闷的。

简文国的妻子叫季安秋，在一家小企业里上班，每月也就挣个四五百元。两口子加上一个八岁的女儿晶晶，就靠着这几个钱，不死不活地支撑着。

这天上午，简文国偷偷翻出一张五千元钱的存折，拿在手里看了半天，心里不是滋味。这钱是他背着妻子积攒下的。本来是想等这笔钱攒到一定数额时，就给女儿买一架钢琴。

他们的女儿晶晶极有音乐天赋，目前正在少年宫钢琴班参加训练。钢琴班的孩子们大部分家里都有自己的钢琴，而晶晶没有，但晶晶是一个很懂事的孩子，知道家里经济不宽裕，因此从不在爸爸妈妈面前表露自己的心思,这反倒使简文国夫妇心里越发难受。为此,简文国曾经暗暗地下过决心,再苦再累,也要圆女儿的钢琴梦!

可是现在情况有了变化,为了糊口,他已托人买了一辆带篷的三轮摩托车,他准备出去拉脚。想到今后的生活,简文国不由咬了咬牙,带上存折,走出家门⋯⋯

中午,简文国喜气洋洋地把一辆三轮摩托开回家里。

这时,妻子和女儿也都回来了,她们见到摩托车,都惊叫起来。季安秋忙问此车是哪来的?简文国这才把自己的打算说了出来。

季安秋疑惑地问:“可是,你哪来的钱呀?”

对这个问题,简文国早已想好了托词,并和好朋友高峻起通了气,他不慌不忙地解释道:“是小高借给我的。这台八成新的车只花了五千元。”

季安秋相信了丈夫的话,而且从心底里感谢高峻起的慷慨解囊。

从第二天起,简文国就起早贪黑、风风雨雨地干起来了。他手脚勤快,对待客人态度和蔼,愿意坐他车的人也就格外多。半个多月下来,竟赚了一千多元,一家人好不高兴。

谁曾想,天有不测风云,人有旦夕祸福。在一个细雨霏霏的日子里,简文国送一个远道客人,回来时因为天黑路滑,不慎从山路上翻滚下来,车毁人亡。

去的就这样去了,没去的还得活着。

办完丈夫的丧事,季安秋擦干眼泪,对前来探望的高峻起说:“小高,你不用担心,夫债妻还。文国借你的五千元钱,我就是砸锅卖铁也要还给你!”

高峻起一听,这才想起简文国当初说起的那件事。那时,为了瞒住季安秋,自己担了个空名,想不到如今季安秋却当了真。

高峻起心里开始翻腾起来:这五千元钱,要,还是不要? 要,点头就来钱,而且死无对证,可是这样做太对不起死去的朋友了;但说不要,又实在可惜,毕竟五千元是个大数字。

最后贪欲占了上风,高峻起终于昧着良心对季安秋说:"嫂子,我和文哥在一块这么些年……"

"小高,只要你能看在文国的面上,宽限我一段时间,我就感激不尽了。"

从那以后,季安秋为了多挣钱,白天在厂里加班加点,超负荷劳动;晚上到市区繁华地带卖烤羊肉串。

星移斗转,季安秋终于攒够了五千元钱。

这天,季安秋找到高峻起,郑重地对他说:"兄弟,这是你文国哥生前借你的钱,你数数吧。"

高峻起沉默了半天,最终还是把钱接了过去。

季安秋还完高峻起的债,又有了一个新的目标。她已把全部的爱、全部的希望都寄托在女儿晶晶身上。她暗暗地下决心:无论自己吃多少苦,也不能亏待了女儿,一定要为女儿买一架钢琴。

季安秋除了上班,又开始重操旧业——卖烤羊肉串,又开始起五更、爬半夜地旋转起来。

她的存款数字在慢慢地递增着,一百、两百、一千、两千……有时,她躺在床上,闭上眼,就会看到一架闪着金光的钢琴,慢慢地向自己移过来。

这天下午,季安秋下了班,正急匆匆地往家赶,突然看见高峻起的老母亲迎面走了过来。

老人一手拄着拐棍,一手在不住地抹眼泪,一头白发也是凌乱不堪。

季安秋急忙迎上去问:"大娘,你这是怎么了? 家里出了什么事?"

高大娘抬头见是季安秋，一把拉住她的胳膊，叫了声："他嫂子！"便泣不成声地大哭起来。

季安秋忙劝慰道："大娘，快别哭了，有什么事跟我说吧。"

老人哭了一阵，才抬起头向季安秋说出心中的苦楚。

原来，在七八个月之前，高峻起就下了海南，和别人合伙开了一家公司，由于经营无方，公司倒闭了。最近，高峻起又因涉嫌一起经济案件，被公安局收审。高峻起的父亲得到消息，一着急，一上火，得了脑血栓。

家里原有的一点积蓄都被儿子拿走了，为了老伴几千元的住院费，高大娘东挪西借，跑了一天还没凑齐。现在，老伴还躺在床上直哼哼，高大娘怎么能不急？

季安秋听完事情的经过，不由想：高峻起对自己家有恩，现在他家里出了这么大的事，自己可不能袖手旁观呀！于是，她看了一下手表，说："大娘，你别着急，没有过去的坎。你先回家，我一会儿就给你送钱去。"

季安秋回到家里，找出存折，又急忙赶到储蓄所，把自己存下的四千元钱全部取了出来。然后她来到高峻起家，和高大娘一起将高大爷送到医院。

晚上吃饭的时候，季安秋望着女儿，将借钱给高家的事告诉了她。

晶晶很懂事地说："妈，我不要钢琴。少年宫的老师对我特别照顾，他知道我没有钢琴，总是让我多弹一会儿。妈，高叔叔不在家，你应该经常去看望看望爷爷和奶奶。"

听着女儿的话语，季安秋泪花直闪。她觉得女儿说得对，是应该去帮助帮助两位老人。

从那天起，季安秋当上了两个老人的"业余保姆"，她一有时间，不是跑医院就是上高家，洗衣做饭买米买菜自不必说，给高大爷端屎接尿也是常事。有时，高大娘的老毛病一犯，季安秋又得为她求医找药,送汤喂饭。季安秋用在两个老人身上的钱,就更是一笔算不清的糊涂账了。

时间在不知不觉中又过去了两年,晶晶已上六年级了。

在晶晶12岁生日的这一天,季安秋提前一个小时回到家里。她心里有些惭愧,有一桩事正在困扰着她:再过两个月,东北三省少年钢琴比赛就要举行了,在预选赛中,晶晶过关斩将,进入决赛,可如今,晶晶还是没有自己的钢琴,在准备决赛的日子里,女儿只能在用木板画的黑白键上空弹。

伴着晶晶哼唱出来的练习曲,季安秋一边想着心事,一边忙着手里的活。

忽然外面传来敲门声,她开门一看,一下惊呆了,多年没有音讯的高峻起站在自己面前,只见他又黑又瘦,满脸憔悴。

季安秋惊问道:"小高,你是啥时回来的?"

高峻起说:"嫂子,我、我已经回来一年多了!"

"啥?"季安秋更加惊讶了。

高峻起又说:"嫂子,一会儿我再跟你细说。"

这时,只见几个装卸工将一架油光锃亮的钢琴抬进屋内。高峻起指了指钢琴,诚恳地说:"嫂子,这是我给晶晶的生日礼物。"

季安秋愣住了,她望着钢琴,心想,这架钢琴起码得一万多块钱,他哪来这么多钱?

高峻起送走装卸工,泪流满面,深深地向季安秋和晶晶鞠了一躬:"嫂子,晶晶,我对不起你们,我今天是向你们赎罪来的……"

季安秋更是摸不着头脑,急着说:"小高,别这样,有话慢慢说。"

高峻起擦了把眼泪,道出事情的原委。

一年前,高峻起狼狈不堪地从海南回到家里,当他得知了季安秋对他家的巨大帮助时,禁不住用双手猛捶自己的脑袋:"我混,我真混啊!我对不起文国哥呀!"

当天夜里,高峻起就离开了家。他发誓:就是做牛做马,也要偿还季安秋的情和债!他在外地一个建筑施工队苦干了一年多,终于积累下一笔钱。他知道简文国生前的愿望,经过努力,终于在晶晶生日的这一天,托人买来了这架钢琴。

季安秋了解了事情的真相,心里很不平静,酸甜苦辣一起涌上心头,她一时不知说什么才好。

(庞洪成)

东平村的小人

东平村的村主任叫郝正喜,今年四十挂零,他为人正直,处处为老百姓办事,是个十里八乡出了名的好村主任。

可是村里的养鳖专业户董四光,却把郝正喜恨得牙根子发痒。这个董四光论起来和郝正喜还有点亲戚关系,两家虽然不常走动,可平日里倒也和和睦睦。为啥反目成仇?这事儿还得从董四光的儿子说起。

董四光的儿子董平平在乡里的中学念书,这个宝贝疙瘩是董四光的掌上明珠,董四光最大的希望是儿子今年能考上县里的重点高中。七月份中考成绩公布下来,董平平离重点中学的分数线只差了五分。正当董四光捶胸顿足的时候,县上有消息传来,说是家里有特殊困难的考生可以予以加分照顾。董四光眼睛亮了，好像抓到了一根救命稻草。他备上了一份厚礼，敲开了郝正喜的家门。

和郝正喜聊了一会家常，董四光叹了一口气，面露难色。

郝正喜关切地问："老哥，你有什么烦心的事，和我唠唠吧。"

董四光拉过郝正喜，压低声音，把事情的前前后后说了一遍，最后说："我想请村里开个证明，说我们家是特困户，给他加上几分上个重点中学。你侄子有出息，你也风光……"

"这不是弄虚作假嘛，绝对不行！"郝正喜霍地一下站起来，对着董四光大声嚷道，"你董四光一年挣六位数，算特困户？还拿着东西到我们家里，这不是瞧不起人嘛，走，你给我走！"

就这样，董四光抱着带去的东西，被郝正喜推推搡搡地轰了出来。

回到家，董四光半天没回过神来，他恨声连连地想：郝正喜啊郝正喜，孩子好歹还管你叫声"叔"，这点忙你都不帮？不帮就算了，当官还不打送礼的，你郝正喜竟会用冷屁股对我的热面孔，你让我董四光今后怎么做人？

董四光越想越气，他咬牙切齿地暗道："郝正喜，你无情，别怪我无义！"

晚上，董四光从村里小卖部买了好几双白袜子，让老婆在每双袜子的底上绣八个红字：东平村小人郝正喜。绣好后，董四光让家里每个人都穿上一双，还备着一双替换。

他一边往脚上套袜子，一边念叨："我踩死你个小人头，我踩死你个小人脚！"

原来，这个董四光特别迷信，他往袜子上绣人名是卦书上说的一个毒咒，据说下了这个咒，不出一百天，被绣了名字的这个人就有血光之灾。

看来，董四光真是把郝正喜恨到骨头里了！

第二天，董四光一家都穿着崭新的白袜子在村里走来走去。

村里好管闲事的看到了,就跟董四光打趣:"老董,你穿这么白的袜子出门,不是相亲去吧?"

董四光也不答,只是"嘿嘿"地笑两声。走到没人的地方,董四光狠狠地跺了两下脚,心里念道:郝正喜,一百天以内,让你血溅五步!

转眼过了两个月,董平平要到县里上普通高中了,董四光又往儿子行李里塞上了两双绣着红字的白袜子,他叮嘱道:"这是你命里的小人,要不是他,你就能上重点高中了,所以你得时时把他踩在脚底下,听见没有?"

董平平似懂非懂地点点头。

儿子走了,董四光心里空落落的,可他一天也没有忘了穿那双绣着红字的白袜子。

董四光时时注意着郝正喜的动静,他发现郝正喜并没有像卦书上说的那样有什么血光之灾,每天照常在村里东家跑、西家串,见了董四光还打个招呼,好像什么事都没发生过。

董四光心里嘀咕:哼!不是不报,时辰未到。

一天早晨,董四光正在水缸边刷牙,忽听见窗外乱哄哄的,他披了衣服出门一看,见好多人往郝正喜家跑,还有人在喊:"村主任家出事了,快去看看。"

"报应来了?"董四光来不及细想,他趿着鞋,一路小跑跟在人群后面。

一群人跑到郝家门口,就听见郝正喜的老婆一把鼻涕、一把眼泪地正哭得伤心。

董四光听了一会儿,明白了。原来,郝正喜的老婆昨天带着孩子回了娘家,只剩下郝正喜一个人看家。今天一大早,老婆回家,却见门大开着,单单不见了丈夫。她正在疑惑,不想村里的吉普车司机李老大的老婆急匆匆地推门进来,说是昨天夜里快两点时,家里突然来了个电话,李老大接了电话后扔下一句"要送村主任去县医院"，就急巴巴地走了，现在还没回来，也不知出了啥事。一听这话，郝正喜的老婆吓得腿都软了，她一屁股坐在门槛上，只有哭的劲了。

董四光站在一边暗想：郝正喜深夜去县医院，难道真的是自己脚上的袜子显了灵？算一算，今天刚好一百天。他心里不免有点后悔，其实下这个毒咒也是在气头上，没想到真害了郝正喜。

董四光回到家，脱下鞋，看看上面的字，一个一个红得耀眼。他刚想脱下来，就听见电话铃响了，他拿起电话，说话的竟是郝正喜："老哥，你马上赶到县第一医院来，我在外科一病室。"

董四光心头一紧："你咋了？"

郝正喜的声音有点沙哑："不是我，是董平平，你们先别着急，他没什么大事。"

董四光顿时感到脑袋一阵阵眩晕。

他老婆在一旁忙问啥事，董四光一说，她狠狠捶了一下丈夫，带着哭腔说道："你个死老头子还愣着干吗，快跟我去医院看平平！"

董四光这才如梦初醒，他发了疯似的冲出屋去，发动起院里停着的小四轮。

这时，董平平的爷爷、奶奶听说了，也哭着喊着，和媳妇一起爬上了小四轮。

到了县医院外科一病室，四个人透过门玻璃看到了躺在里面病床上的董平平，董平平闭着眼，头上缠满了纱布。

董四光的心都快碎了，他刚要推门进去，门口的护士指了指他们脏兮兮的鞋子说："这是无尘病房，你们都得换拖鞋。"

董四光胡乱脱了鞋，慌乱地拉着老婆和爹娘走进病房，轻轻走到儿子床前。

儿子醒了，对着董四光勉强笑了笑。

董四光伏在儿子耳边，小声问："儿子，你这是怎么啦？"

董平平有气无力地说:"昨天晚上我被一辆卡车撞伤了,司机把我送到医院就跑了。"

这时,护士长走了进来,她对董四光说:"你们是董平平的亲属吧?昨天这孩子送进来的时候很危险,经过抢救,现在孩子已经脱离危险期了。"

一听这话,董四光眼泪都快流下来了,他一把拽住护士长,急切地说:"我的孩子真的没事了吗?"

"没事了。你呀,应该好好谢谢你们村的那个郝正喜。"

董四光满脸疑惑:"谢他?"

"当然了,他可是你们孩子的救命恩人。"护士长说,"昨天这孩子送进来的时候,身上没有任何证件。找不到他的亲人签字,我们不敢实施手术。后来我们给孩子脱鞋的时候,发现他袜子上绣着'东平村小人郝正喜'这几个字,恰巧我们有个医生认识郝正喜,就给他打电话,他马上赶过来签字交钱,还给孩子输了四百毫升血。后来我们才知道他并不是孩子的父亲,你说你们该不该感谢人家?"

董四光低下头,小声问:"郝正喜现在在哪呢?"

董平平说话了:"郝叔叔昨天陪了我一夜,现在他太累了,正在阳台上抽烟呢。"

董四光一伸头,透过窗户一看:郝正喜正疲倦地坐在阳台的石阶上,身体靠着墙,已经睡着了。他头发蓬乱,脸色焦黄,嘴上还斜叼着一支烟卷。

这时,护士长突然惊叫道:"你们这几个人怎么不换拖鞋,光着脚就进病房了?"

董四光这才感到脚底有点凉,他一看,自己、老婆、爹、娘四个人八只脚,都穿着雪白的袜子站在地上。刹那间,他的脸一下子红了,因为他们的袜子底上全都绣着一行红字:东平村小人郝正喜……

(夏 燕)

上海大妈

　　长白山有个工人叫于中年,他写故事出了点成绩,被一家大杂志邀请来上海参加笔会。

　　那天,于中年刚下火车,就看见路边有个卖地图的大妈,那大妈慈眉善目,让他一下子想起了自己刚过世不久的母亲!

　　于中年心中涌起一股暖流,遂上前去问路:"大妈,请问……人民广场怎么走?"

　　那大妈抬起头还没开口,这时候,于中年身后来了个穿西装的小伙子,大妈立刻笑着对小伙子说:"同志,买张地图吧,到大上海,有这张地图,可以少走不少冤枉路呢。"

　　小伙子不买,大妈施展出揽生意的本事,死缠硬磨住人家,到底让小伙子掏钱买了一张才拉倒,气得于中年转身就走。

这件事让于中年伤透了心:当年,自己的父亲是在解放大上海的战斗中牺牲的。如今,他踏上这片本该觉得亲切、自豪的土地,可没想头一个遇见的竟然是个老财迷,叫他如何不上火!

笔会结束,于中年还憋着气呢。他想:怎么也要治治一下那个老财迷! 于是写了一篇措辞尖刻的群众来信,复写十多份,投向大大小小的报纸。

后来,文章虽然没发表出来,但他觉得自己也算出了口气:报社至少也会把来信转到有关单位,这还不够她喝一壶的?

两年后,于中年退了休,五十多岁的人,在家闲着发闷,就去火车站弄了个摊点卖杂志,也卖地图。

这个城市外地游客挺多,问路的自然少不了。于中年想起在上海的遭遇,就暗暗告诫自己,凡有求他的,一律尽心尽意,可不能学那老财迷!

不料,才干了十几天,他就顶不住了:每回见有人远远地奔这儿走来,以为是主顾到了,老早把笑容准备好,岂知人家不买什么,仅仅是要打听个道儿。再加上方言不通,往往一句话解释半天,倒把要上门的顾客冷落到别人摊点上去了,你说可气不!

有一天,摊前一连来了七个问路的,于中年直讲得喉咙冒烟,却半个子儿没见,反让邻摊那横眉竖眼的同行得了便宜!

于中年这一刻明白过来了:那上海大妈的确不易,那么大个城市,一天得有多少问路的,老人家应付得过来吗? 卖地图本来就挣不了几个钱,她还靠什么生活? 自己竟写信去批评人家,连起码的良心都没有啊!

于中年病了,他一闭上眼,就看见那慈祥的上海大妈。老人家为那封该死的信受了不少委屈吧?

于中年再也呆不下去,把书摊交给妻子,匆匆来到上海。

出了车站,他一眼就看见那老大妈依然笑容满面地守着她的地图摊呢!

于中年鼻子一酸，上前叫了一声："大妈！"他说，"您这些地图有三十多张吧，我全买啦。"

上海大妈愣愣地看了他好几秒钟，问："这同志，率旅游团来沪的？"

于中年摇摇头。

"那你不能买我的。"

"怎么？"于中年大惑不解，"上海地图限量供应？"

"你大概头一回搞批发，是不是？买我的，你还有啥赚头哇？我告诉你个地方，便宜。"

于中年眼圈儿红了，他索性把来意全说了，最后道："大妈，您有多少，我全买下，您无论如何也得给我个补偿的机会。"

大妈认认真真地把于中年打量了好久："是你？"

"真是我，大妈，我不是个东西，那封信害得您不轻是不是？"

大妈说："信倒没见过，只是我等你好长日子了……那年是几月的事？"

"大妈，是5月5号，天上下着毛毛雨。"

"哎呀同志，你让我等苦了！"大妈一拍大腿，说出了事情的原因。

那次于中年问路，大妈正要指点，谁知他身后来了个扒手，那小伙子靠近于中年，就要动手。大妈急中生智，缠住那贼，让于中年脱了身……

原来是这样！于中年听了，更是羞愧万分。

大妈接着说："你不会知道我的心思。你没听出我是北方人吗？当年解放上海时，我的男人就牺牲在这一带，从此，我就成了上海人。我不许任何人给咱上海抹黑。那天事过之后，我后悔死了，我应当揪住小偷。这么大年纪，怕死，就没敢声张，给上海人、给我那男人丢了脸呐。打那时起，我就拿定了主意，卖地图，卖到死那天，我若是再找到你，一定向你声明，我当年只够半个上海人,现在全是了。不信,再来个坏人试试!"

"大妈,"于中年激动地抓住上海大妈的胳膊,"您太像我去世的妈妈了,求您让我叫您一声'妈',您无论如何也得答应!"

(顾文显)

亲 情 似 金

母子之爱是世间最神圣的感情，
践踏这种感情的人是不幸的。

状元宴

县城小西关有一户人家,父女两人。

爸爸陈大冬四十来岁,普通工人,平生没什么爱好,就喜欢每天晚上喝二两酒。也不是什么好酒,散装老白干,一次买一大塑料壶,每晚二两,价值四毛钱。陈大冬原来是县纺织厂的炊事员,专门为领导"开小灶",后来领导们爱到外面的酒店吃喝,小灶十天八天难得开一次伙,他就下岗了。

下了岗就断了经济来源,原先的一点积蓄得节省着用,于是,陈大冬将每天的二两酒免了。

女儿陈小红正读着高三的下半期,是个挺用功的女孩。餐桌上的变化引起了她的注意,爸爸多年的习惯,怎么说改就改了呢?忍不住问道:"爸爸,怎么不喝酒了?"

陈大冬虽是老实人,但也知道下岗这么重大的事情不能让女儿知道,以免影响女儿的情绪。他停顿了一下,扯个谎道:"最近爸爸的身体有些不舒服,医生不让喝酒。"

不料这话同样使女儿不安,相依为命的一对父女,她应该了解父亲的病情,于是连声追问:"爸爸得了什么病?"

陈大冬搪塞道:"也不是什么大病,不让喝就不喝呗。吃饭,吃饭。"

陈小红见爸爸躲躲闪闪的样子,也就不再穷追不舍,但是一团疑云却装在了心里。从此她就不像过去那样快乐,上学、放学,总显得心事重重。

女儿脸上的变化,自然也逃不过父亲的眼睛。这怎么成呢?女儿正面临高考前的最后冲刺,必须保持良好的心境。看来,为了女儿能顺利考上大学,这每天的二两酒还得喝!

很快,那个大塑料壶又装上了散装白酒,晚上的餐桌上又多了个熟悉的玻璃杯。

陈小红忍不住问:"爸,怎么又开戒了?"

陈大冬道:"你长大了,爸爸的事也不再瞒你。早些时,爸爸下岗了,下岗了还喝什么酒?最近,我又找到了工作,在郊区砖瓦厂打工,收入嘛,比在纺织厂还高一些,这就又喝上了。几十年的习惯,难改啰。"

果然,这一来陈小红脸上的愁云不见了,说:"只要爸爸天天有酒喝,就说明亚洲金融危机还没有波及到咱们家,那我在班上第一名的成绩就不会受影响!"

陈大冬高兴地点点头:"我要的就是这句话!"

日子像水一样流过去了。陈小红每天高高兴兴地上学读书,爸爸每天晚饭时喝二两酒。

不知不觉,陈小红的高中学业结束了,考场上下来,她自我感觉特别好。又过了不久,考试成绩下来了,她位居全省文科考分第一名,被一个重点大学录取了。

下岗工人家出了个大学生,况且还是个高考状元,自然要庆祝一番的。

拿到了入学通知书,陈小红亲自动手做了四样家常小菜,陈大冬拎出那个大塑料壶,兴高采烈地说:"我女儿中了头名状元,今晚我可要一醉方休了,哈哈!"说着,"啾——啾——"连喝了两杯。

父女俩正乐着,屋门忽然被推开了,"哗"地一下,街坊邻居涌进来了,他们是自发前来祝贺的,送来了毛巾被、洗脸盆、热水瓶等生活用品。

话还没有说停当,陈大冬原先所在的纺织厂的领导也赶来了。这里有个传统,凡本单位的子女考上大学,单位领导必须表示表示,以示对教育的重视。只见王厂长拿出五百元钱,塞到了陈大冬的手里。

面对大家的关怀和爱心,陈家父女一时感动得不知说什么好。

还是陈小红先缓过劲来,她找出几个酒杯,一一斟满,说:"谢谢大家的关心,请每人干一杯吧!"

人们齐声响应:"这是状元酒,自然要喝!"

然而陈大冬却急忙站起来,手足无措地阻拦众人:"别……别喝呀!"

邻居大嫂说:"陈大叔,我们知道这是散酒。可在状元宴上喝散酒,就更有意义了!"

陈小红奇怪地看了爸爸一眼,觉得今天爸爸怎么这样不近人情?别说人家还带了礼品,就是空手来,也该敬一杯薄酒呀!

她不顾爸爸的阻拦,率先举起了酒杯:"我爸爸他喝醉了,我先敬大家一杯!"说着,一饮而尽。

一杯酒下肚,陈小红不由大惊失色:"爸爸,怎么是凉开水?

这……这半年……"

什么？众人都饮了一杯,可不就是凉开水!

陈大冬像个做错事的孩子,红着脸说:"小红,下岗后我虽然又找了份工作,但挣钱并不多。为了不分你的心,我就以水代酒了!"

邻居大嫂的眼睛湿润了:"这里的状元宴,原来是以水代酒啊!"

陈大冬苦笑道:"其实,喝了半年凉开水,我早把酒戒掉了。"

王厂长满脸羞愧:"老陈,我对不住你。我们少在街上吃几顿饭,你也不至于下岗,状元宴也不致办成这个样子!"

陈小红眼睛红红的,脸也红红的,发誓说:"爸,四年以后你再开戒吧,那时,我给你买最好的酒!"

陈大冬泪如雨下!

他又连饮了两杯凉开水,感慨道:"有这样争气的孩子,我的心早醉了!"

(曲范杰)

血泪母子情

在江西赣东北一个偏远山村程家沟,有个今年才十六岁的孩子,叫梦晓。梦晓上小学那年,他爸一次进山去掏野蜂蜜,误撞了"杀人蜂"的蜂巢而丧生。从此,梦晓就与体弱多病的妈妈相依为命。

这年,梦晓以优异的成绩考入了县中学。妈妈高兴得脸上挂着泪水,一把扯着儿子来到丈夫的坟前,喃喃告慰道:"孩子他爸,你放心走吧,咱们的儿子考上县中了,将来不定就是咱们这山沟的第一个大学生呢!"

梦晓似乎一天间长大了。他知道自打爸死后,这么多年妈为了他吃了不少苦,不但全揽下了田间地头的活,还重新踏上了爸的路,进山去掏野蜂蜜。

　　从坟上回到家，梦晓就扯着妈的衣襟说："妈，俺不想上学了！"

　　妈见儿子突然说出这话来，惊愕道："为啥？"

　　梦晓说："俺得在家帮你干活！"

　　妈见儿子这么懂事，心里当然高兴，但儿子好不容易考上中学，她怎么能让他辍学呀？于是把脸儿一绷，说："家里的活有妈来干，你只管念书，别替妈操心！"

　　梦晓望着骨瘦如柴的妈，心就像让蚂蟥叮了似的隐隐作痛，他"扑通"一声跪在了妈的脚下，哀求道："妈，让我留下吧，哪怕让俺待在你身边给你送碗水！"

　　可妈却铁了心，唬儿子道："你真想气妈么？你若把学业给荒废了，妈不是白苦白累了？不行！"

　　见妈真的生了气，梦晓淌着眼泪说："妈，俺听你的。不过你也得依俺一件事，不然俺就跪在地上不起来！"

　　妈心里百感交集，她一边伸手去搀儿子，一边说："起来说，妈听着！"

　　梦晓说："你答应俺，以后不再进山去掏野蜂蜜！"

　　妈明白，儿子是出于对她的安全担心呀！可是在这穷山沟里，她不进山去掏野蜂蜜，又怎能供儿子上学啊？然而她不忍心伤儿子的心，想了想，点头答应了。

　　梦晓顿时高兴得像门门功课考了满分似的，破涕为笑。

　　不料就在梦晓去县城上中学后不久的一个双休日，当他喜气洋洋地回到家时，却让眼前的一幕给惊呆了：妈竟浑身是血地被人们从山上给抬了下来。

　　梦晓傻了似的扑上去哭喊着："妈，妈，你这是怎么啦?"可妈妈的双眼紧闭，一声不吭。一个老乡告诉他，他妈去掏野蜂蜜，从树上摔下来了……

　　梦晓明白了，原来妈在骗他！他两腿不由一软，跪了下来，抓住妈的手臂说:"妈,你不是早跟俺说好了,不去掏野蜂蜜的吗,你说话咋不算数呀?"

然而,任凭梦晓如何怨妈,妈躺在那就是不出声。妈摔得太重了,得赶紧送医院!于是梦晓就向老乡家借了辆平板车,拉着妈往县医院赶去。

一个十六岁的孩子,拉着平板车,赶了四十多里地,来到县医院,已是浑身汗水湿透。但梦晓没顾得上喘息,跑到挂号窗口挂了号,就推着妈急急来到急诊室门口,放下车,进去喊医生。

急诊室里只有一个年轻医生,此时正与一个刚从深圳倒卖影碟回来的朋友侃在兴头上。梦晓走到他面前,哀求道:"医生叔叔,救救俺妈吧!"

那年轻医生瞅了瞅他,问:"你妈在哪?"

"在门外车上呢!"

"让她进来!"

"俺……俺妈昏迷着!"

年轻医生站起身,拿着听诊器走出来,一看,梦晓妈静静地躺着,头部及身子均有不同程度的划伤,而且伤口还在淌血。年轻医生觉得像这种情况得赶紧采取紧急抢救措施,便问梦晓:"病人还有其他亲属吗?"

梦晓摇摇头。

年轻医生又问:"你爸呢?"

梦晓说:"他早死了!"

年轻医生问:"你带没带钱?"

梦晓赶紧点点头,说:"嗯,带了!"

可是梦晓身上带的是啥钱呀!那是他平时放学打路边捡的易拉罐、废塑料等物,将它们卖给废品收购站后攒下的,还没来得及交给他妈哪!

这会儿,梦晓忙不迭地把这些碎钱掏了出来,递给年轻医生说:"给,全在这!"

年轻医生皱起双眉说:"就这钱?"

"嗯!"

"多少?"

"十元零四分!"

年轻医生苦笑道:"就十元零四分,你当你妈是患感冒? 快回去取钱来。"说完,转身走进值班室,对他的朋友说:"又是一个没钱想白看病的。唉,真没办法。"

梦晓望着那两扇不断"吱呀、吱呀"晃动的门,心就像被人浇了桶冷水彻底凉了,他一头扑在妈的身上,放声大哭……

这时过来一位老大爷,开导梦晓说:"孩子,再这样拖下去,你妈性命就危险啦,赶紧求人去吧!"

梦晓抹抹泪说:"俺去求过了!"

老大爷叹了一口气,说:"孩子,你不懂,那样空口白话求人不管用!"

"大爷,你告诉俺该怎么做?"

老大爷告诉他,让他给年轻医生买盒好烟什么的,这样人家一高兴,兴许就肯救了。

梦晓毕竟是个孩子,以为有了一包烟,医生准会给他妈治病了,于是急忙奔到街上一家烟酒店,买了盒甲级"阿诗玛",像捧着宝贝似的转身出了门。哪知跑得太急,和门外匆匆进来的一个人撞了个满怀,只听"叭"一声,把那人手中一只瓶子给撞在了地上,打了个粉碎。

梦晓抬头一看,吓得脸都变了色。他撞上的不是别人,正是他的班主任吴老师。

梦晓见自己闯了祸,吓得望着吴老师吞吞吐吐地说:"老……师,俺……俺……明日……赔……你……只瓶……瓶子……"

吴老师似乎并不在意梦晓赔不赔瓶子,相反他见梦晓惊慌失措的样子,怀疑地问:"梦晓,你上这来干啥?"

梦晓见老师盘问,更加紧张,嘴里只是:"俺……俺……"

吴老师继续追问:"告诉老师,双休日干吗不回家帮你妈干点活,来这儿干啥? 是不是来街上玩电子游戏了?"

梦晓看着老师那锐利的目光,吓得一边嘴里说着:"俺……没……没……"一边本能地把手里那包"阿诗玛"往身后藏。

梦晓这一举动没能逃过吴老师眼睛,吴老师从梦晓那慌慌张张的神态中,断定面前这个学生说不定干了什么坏事。他想到不少少年犯,一开始就是因为对电子游戏走火入魔而深陷泥坑的。这么一想,他怎会轻易放过梦晓,断然喝问:"你手里拿的是什么? 给老师看看!"

"不……"

"是不是包香烟? 你当老师没看见?"吴老师是个对学生管教极严的人,他怎容他的学生在外抽烟? 小小年纪抽烟,准是和一些不三不四的人混上了。

梦晓见吴老师紧逼过来,紧张得一边后退,一边连连说着:"不、不……"

他的这一举动,更使吴老师断定他不干好事,于是气恼地说:"把香烟给我,你明天给我写个检讨来,不然就别怪老师处分你!"

对梦晓来说,写检讨、给处分都没关系,但要他把手里的烟给老师却万万不能,他认定这烟就是他妈唯一的生命希望呀! 因此,他一口拒绝:"这烟俺不能给你……"

吴老师气呀! 他教了这么多年书,还没有学生敢这么违抗他的话,于是一步上前,从梦晓手中夺过那包"阿诗玛",随手甩进了烟酒店门前的水沟里,然后在店里买了一袋袋装酱油,就走了。

梦晓霎时呆了,大喊一声:"老师……"就像一只绝望的羔羊,嘴里哭喊着"妈—妈",扑向水沟。

这时,烟已经被水沟里的水浸湿了,梦晓原指望它能给妈妈带来生命的希望,现在全化成了泡影。此时,他身上只剩下了两毛四分钱,再也买不到一包"阿诗玛"了。

华灯初上时,梦晓两手空空木然地回到了妈身边。见妈睡着了,他以为妈太累太累了,在梦晓的记忆中妈还从没这么好好睡过一觉呢。他不忍心吵醒妈,便守护在妈身边。哪知等到那个年轻医生来查看时,发现他妈早停止了呼吸……

乡亲们帮着梦晓把他妈的后事了了。梦晓趴在妈的坟头上,哭得死去活来。他不明白,医生为啥非要先拿钱再看病?他怨吴老师不问青红皂白就把他那包用来救妈命的烟给扔了,使得他失去了这世界上唯一的亲人……

从此,村里不见了梦晓的踪影,他也没再去上学。

梦晓两天没去上学,吴老师不放心了。就在他焦急万分时,传达室老头交给他一封信,他拆开一看,是梦晓写的。信封里装着赔老师瓶子的两毛四分钱及一份蘸血写下的检讨。

吴老师看着看着,泪水禁不住"哗哗"直流。他后悔那天因为家中来客,爱人急等酱油烧菜,所以当时没能再进一步向梦晓问清情况,就急急回家了。吴老师去河边、车站找梦晓,嘴里不时喊道:"梦晓,你在哪儿呀!老师错怪你了!回来吧,孩子,老师和同学在等你回来呀……"

(翁志刚)

相见在麦当劳

刘宏在上大学一年级时,认识了女同学朱樱,两人常常在校园的小径上散步,谈得十分投机。

在圣诞节快要来临时,刘宏想请朱樱上外国人开的"麦当劳"餐厅,过一个浪漫的圣诞夜。

这个计划当然很好,问题是请客就得花钱,他一个穷学生,哪来那么些钱? 唯一的办法只有去向妈妈要。

星期天,刘宏回了趟家。可进门之后,他又犹豫了:该怎样向妈妈开口呢? 父亲去世五年了,妈妈省吃俭用,独挑大梁,刘宏都看在眼里,平时也从不向妈妈要额外的花费。可这次,为了朱樱,只能破例了。

吃饭的时候,刘宏闷着头喝妈妈特意熬的排骨汤,心里反复思量着。

突然,妈妈说:"前两天,厂里开了会,说要下岗一批人。"

刘宏吃了一惊,猛地抬起头来,盯着妈妈的脸:"妈,你下岗了?"

妈妈笑了:"看把你吓的。我是说要下岗一批人,你放心,妈没下岗,干得好好的。"

刘宏这才松了口气,依然埋头吃饭,心里仍在盘算着,怎样向妈妈开口要钱。

刘宏吃完饭,见妈妈心情不错,咬了咬嘴唇,把他想好的话说了出来:"妈,我们下学期要去工厂实习,学校通知,要交 200 块材料费。"

妈妈一愣:"啊,又要交钱?"

刘宏不敢看妈妈的眼睛,忙说:"是不是我跟老师说说……"

"不,你等等,我去看看。"她进里屋,好一会才拿出一沓零票,仔细数了好几遍,然后才整整齐齐地折好,塞进了刘宏的书包。

送儿子出门时,妈妈又叮嘱道:"路上小心,现在小偷多,骗子也多。"

说者无心,听者有意。刘宏像被针刺了一下似的浑身不自在,脸也红了。他支支吾吾地答应着,便离家回学校去了。

转眼到了圣诞节。那天傍晚,天上纷纷扬扬下起了雪,这更增添了节日的气氛。

晚上,刘宏和朱樱来到了麦当劳,进门一看,乖乖,里面居然人山人海,连个空位子都没有。

等了好久,才有一桌人起身离座,刘宏急步上前,抢到座位,他叫道:"哎,小姐,清理一下台子。"

一位女服务员疾步走来,忙忙活活地收拾桌上的杯盘。刘宏从眼角望去,觉得这个服务员瘦削的身影有些熟悉,抬头一看,顿时大惊失色,为他服务的不是别人,正是他妈妈!

刘宏顷刻间呆住了,天哪! 莫非妈妈在骗我? 她真的下岗了?

他想喊一声"妈",可不知为什么,张着嘴却出不了声,只是愣愣地看着妈妈。

妈妈也在同时看见了刘宏和他身边的姑娘,一刹那间,她的眼睛瞪得很大,死死地、用力地盯着刘宏,她的身子轻轻摇晃了一下,一只手下意识地扶住了桌子。但她什么也没说,很快低下头清理完桌子,端起盘子走了,再也没有看儿子一眼。

刘宏看着妈妈把废物倒进垃圾桶里后,伸手抹了抹脸。他心里一颤:妈妈抹去的是泪水呀!

这时候,刘宏才意识到,那天回家,妈妈本来想告诉他下岗的消息,因为见自己反应紧张,才改口说她并没下岗。

他想到这些,伸手紧紧捏住口袋里的钱,好像第一次掂出了那些钱的分量。他又扭头看看朱樱,朱樱俏丽的面容在他眼里突然变得模糊了……

时间匆匆过去,转眼到了刘宏大学二年级开学的时候。

一天,刘宏把一叠人民币放在妈妈面前,说:"妈,这是我的奖学金,加上我当家庭教师和打工挣来的钱,下学期的学费我自己会缴纳的。妈,您以后就别再那么辛苦了,好吗?"

妈妈看看儿子,又看看桌上那些钱,突然双手蒙脸,哭了起来。

(佚　名)

抓　　阄

　　文强和妹妹文敏,是在同一年进学校读书的。别看妹妹小他一岁,却聪明好学,在班级年年拿第一。在妹妹的影响下,文强的成绩在班里也一直名列前茅。几年后,文强和妹妹一起以优异的成绩考上乡重点初中,邻里乡亲都直夸他们是大学生的料子,父母亲看在眼里,喜在心里。

　　然而,天有不测风云。一天晚上,母亲正在料理家务,突然一阵天旋地转,跌倒在地,待抬到医院时,已经停止了呼吸。经医院检查,是脑溢血突发。

　　文强和妹妹哭啊、喊啊,早成了泪人。母亲是一个精明能干的女人,她这一走,千斤的担子就压在了父亲的肩上,他好像一夜之间苍老了许多,微驼的背驼得更厉害了!

这以后,兄妹俩一下子懂事了许多,看看家里的情况,一天不如一天,就不约而同地想到了辍学,让对方继续读下去,可他们谁也说服不了谁。这天,他俩又在争论,冷不防父亲插了进来,把他俩拉到面前,瓮声瓮气地说:"你们都别说了,两人都给我继续念!"他酸着鼻子说,"无论如何,等你们初中毕业再说。"说完,他看了一眼妻子的遗像,默默地拿起锄头,走出了屋。

从此,文强和妹妹学习更加刻苦了,一直保持着年级前两名的势头。初中毕业考,他们都考上了市重点高中。

文强从学校拿回录取通知书,一口气跑到母亲的坟上,叩了几个响头,默默地说:"妈妈,你放心吧,我和妹妹都考上重点高中了!"然后爬起来,登上村子后面的大山。

在山顶,他对着苍天大喊:"为——什——么?"然而,没有人回答,只有山谷中回荡着一个声嘶力竭的喊叫:"为——什——么?"这时,文强已打定主意不读高中了,他要让妹妹读下去。

妹妹也从学校取回通知书,回家了。

晚上,天气闷热,父子三人坐在昏黄的灯光下,相对无语。过了一会儿,文强打破了沉寂,故作轻松地对父亲说:"爸,我不想读高中了。"

父亲抬起头,想说什么,却什么也没说出口。

这时,妹妹在一旁急急地说:"不,哥,你念吧,我不想念了。"

"不,你一定要念,我在家可以给爸做个帮手。"

"不,我在家更好,既可以料理家务,农忙时也可以帮爸一把。"

这时,父亲站起来,看着文强和文敏,捶打着自己的脑袋,痛心地说:"孩子们,爸爸无能,对不起你们,对不起你们死去的妈哇。"

文强和妹妹各抱住父亲的一只胳膊,叫道:"爸——"

父亲轻轻拨开文强和妹妹,转身朝卧室走去,那微驼的背影,在灯光下显得更苍老了。

文强和妹妹相拥而泣。

过了一会儿,妹妹说:"哥,咱俩别争了,我们抓阄吧。我写两张阄,一张写'念',一张写'不念',谁抓住写'不念'的阄,谁就停学在家帮爸。"

文强见再争论下去,也没有结果,不如抓阄来得痛快,就点头同意了。

妹妹立起来,拿来纸和笔,开始写那两个决定命运的字了,看得出,这支笔显得很沉重。

猛地,文强脑子里出现了一则古代抓阄的故事。那是说有一个国王,在处决死囚犯时,总是写两张阄,一张写"死",一张写"活",抓住"活"的可获释放,而抓住"死"的,立即处死。有一个奸臣诬告一青年,国王信了奸臣的话,于是青年被判处死刑,处决前,照例要抓阄。奸臣为了达到杀死青年的目的,便在两张阄上都写了"死"字。这件事被青年的朋友知道了,便告诉了那青年。青年想出一条妙计,抓阄的那天,他把抓到的阄吞进肚里。国王一看剩下的是张"死"阄,便释放了青年。

文强正想着,这时,妹妹两张阄都写好了,拿来让哥哥挑一个。

看着妹妹有点激动的小脸,文强心里一动,知道妹妹一定在阄上做了手脚,就猜她一定是在两张阄上都写了"念"字。哈哈,妹妹,你玩的这个把戏,骗得了别人,能骗得了哥哥?

想到此,文强郑重地对妹妹说:"小妹,你是个青年团员,要说话算数!"

妹妹听了,笑盈盈地答应了。

文强随便拿起其中一个,然后,迅速塞进嘴里吞下去了。他心说:再见了,我的书!再见了,我的大学梦。

这时,妹妹拿起另一张阄,说:"哥,这张阄是我的了,咱们就看运气吧。"看着妹妹激动的面孔,文强突然意识到了什么。

只见妹妹慢慢地打开纸条,说:"哥,我这张上面写的是'不念',看来,你那张上面写的是'念'了。哥,这是天意。"

"不,你——"文强才明白,聪明的妹妹也知道那则故事,她也知道哥哥一定会和自己一样,想让对方继续读书,于是她在两张阄上都写了"不念"。

"别说了,哥,继续念吧。"妹妹仰起脸,早已是泪流满面……

后来,文强读了高中;再后来,他来到上海这座国际大都市,圆了梦寐以求的大学梦。而妹妹,却走向了另一种生活。

(闻继善)

洁 身 自 律

光明正大地选定自己的感情,也就是彻底地锤炼自己的思想。

失物招领

九路公共汽车到站了,车门儿一开,打下边上来一位头发花白的老同志。

老同志一抬头,只见卖票的小伙子头上戴着一顶帽子,他眉头一皱,摇了摇头。

就这工夫,不知谁踩了他一脚,他"哎哟"一声,一低头,只见脚跟前有个亮闪闪的五分硬币。他弯腰捡了起来,向周围人喊道:"哪位同志丢钱啦?"

连问了几声没人回答,他就把钱揣进了裤兜里。

赶巧,这件事被售票员看见了。售票员心想:你这老同志可不对劲儿啊,捡了钱怎么能往自己兜里装呢?唉,好在只是五分钱,不想和他计较了,于是就站起来卖票:"买票了,上车没买票的同志请买票!"

售票员喊声刚落,只见那位老同志从兜里摸出刚才捡的那五分钱,递给售票员:"买票!"

售票员接过五分钱,心想:好啊,用捡来的钱买票,真不知害臊!他一边撕了张五分钱的票递给老头儿,一边狠狠地瞪了他一眼。

可是这位老同志就像没看见似的,接过票往兜里一塞,然后抓住扶手,闭目养起神来。

汽车过了一站又一站,说话工夫已过去了三站,老同志五分车票的路程已经坐完了,可他还没下车,还在那儿闭目养神呢。

售票员心中有数,就大声喊道:"买票啦,上车的请买票;买了票的不要坐过站啦!"

但是这位老同志就像没听见一样,仍然是头不抬、眼不睁。

售票员可来火啦,心想:你捡了五分钱,买了一张票,我看你年纪大,没责怪你,没曾想你这么不知好歹,还想拿五分钱坐一角钱的路,太不像话了。你以为我不知道哇,这回我非揭揭你的老底不可。

这时候,下一站正好是终点站,要提前收票了。售票员走到老人跟前,拍拍他的肩膀:"老同志,票?"

老人睁开眼睛,随手从上衣兜里掏出一个塑料夹:"月票。"

"啊?"售票员一愣,"老同志,你有月票,为啥还买了五分钱的票?"

老同志说:"那五分钱是我在车上捡的,我看没人要,就买了五分票,这叫捡钱交公。小伙子啊,别说是五分钱,就是捡到一分钱,咱们也不能往自己腰包里揣呀!"

售票员听出来了,老同志这话里有话。

可是他还是不理解:"老同志,你既要交公,为什么不交给我呢?"

"交给你?"老同志摇了摇头,"交给你我不放心呀!我怕你拿去买冰棍!"

售票员一听这话急了:"老人家,你怎么这样说话,我是乘客的服务员,你说话可得有证据!"

"证据当然有!"

"证据在哪?"

"就在你头上!"老同志说着,用手往他头上一指,"就在前天,我在这车上捡到一顶帽子,问了问没人要,我就把它交给你了,想不到这顶帽子现在被你戴在头上了!"

不料这位售票员不但面不改色,反而"扑哧"一声笑了:"老同志,您误会啦,请看!"他说着把身子一转,只见在帽子后边贴着一张纸条,上面清清楚楚地写着四个字:失物招领。

(吴文昶)

站亮处做人

　　秀州有户普通人家,女主人街坊上都叫她唐婶。

　　唐婶早年没了丈夫。一个领养来的女儿也已出嫁,说一个家,其实进出也就她一个人。好在这个领来的女儿秀娟是个孝顺囡,每天都带了儿子过来望望母亲。

　　唐婶今年正好六十六。当地有句俗话:"六十六,阎罗大王那里讨吃肉"。为了消灾,必须在生日上先吃一顿肉,久而久之,就成了秀州的乡风。秀娟虽然丈夫下岗,自己单位也不景气,日子过得紧巴巴,但从几个月前就算着给娘过生日。

　　秀娟心想,娘辛苦大半世,竟连馆子也没下过一回,她最爱吃"江顺兴"的"缸肉",也从来舍不得买一回。于是,秀娟就打算在娘生日那天,请娘上"江顺兴"吃一回"缸肉"和"缸肉大馄饨"。

说起秀州江顺兴的缸肉，远近人把它誉为"江南独步"，从清末一直盛名至今。它是用猪脊背肉，挑得肥瘦匀称，一块块用糯稻草扎得方方正正，在陶缸里码得整整齐齐，放进祖传配料，只加三伏晒的鲜酱油和陈年绍酒，然后用绵纸封好缸口急火滚烧，再文火焖起来，到肉出锅，喷香四溢，过路的客远远闻着都禁不住要流口水。秀州平民老百姓都把它当作珍品。

不过，江顺兴现在已经成了秀州第一家豪华大酒店，这缸肉却是平民菜肴，做起来又繁难，还开不得大价，因此"江顺兴"虽然留了这名目的菜，但只当了点缀，应应门面而已。

这天正是唐婶生日，秀娟傍晚下班，就带了儿子磊磊赶来娘家，带娘上江顺兴吃缸肉。

此时，江顺兴内华灯高照，宾客满座，一片喧闹。门口的服务员把眼一掠，知道唐婶这一家不是大主客，又听说只要一份缸肉和馄饨，四五十元钱的小生意，态度当下就冷淡了下来，只让唐婶一家自己在角落里寻一张小桌坐了，半天也不过来招呼。

什么事都怕有个比较。唐婶一家被"晾"在一边，眼睁睁看着服务员小姐笑容可掬地穿梭在其他一桌桌客人间斟酒端菜，那一份殷勤对照这里的冷落，分外叫人受不了。

秀娟几次想找服务员理论，想到今天是娘的生日，怕闹点什么不愉快出来对不住娘，就硬忍着。

但是磊磊一个孩子家，早几天听妈妈说外婆生日带他上馆子，就欢呼雀跃，天天掰指头算日子，现在到了馆子就直喊肚皮饿要吃。秀娟喝不住，只得再一次催服务员小姐。

那个服务小姐正被旁边桌上几个客人闹着要她给每人斟酒搛菜，秀娟这一叫搅了他们兴头，一个满嘴喷着酒气的家伙一斜眼，瞅见秀娟穿着打扮一身寒酸样，便咧着大嘴嘲笑："喂！吃一钵缸肉也到这里掼派头？瞧着这儿馋，拿几个盘子过去你们舔舔,哈哈——"他一边说一边放肆地狂笑,另几个也跟着起哄。

秀娟气得浑身打颤,好容易忍住了自己,冷冷掠了一眼那个家伙,只问服务员小姐:"他们这一桌花多少钱?"

服务员小姐还没答话,那家伙一脸讥讽揶揄说:"怎么?想跟爷们较一较劲?——只消7张老人头!"

秀娟鼻子里哼了一声:"不就是每人花七八十元钱么?就轻了骨头,可怜!"

秀娟转脸对服务员小姐一字一句说:"请马上给我们摆一桌——就300元的生日席,缸肉先上,再添一把小刀!要快!"

服务员小姐听着先一怔,看见秀娟一脸凛然,又正想摆脱这伙人纠缠,忙借势答应着,出去关照。

唐婶悄悄对秀娟说:"囡,这儿原不是我们来的地方,你挣一分钱都不容易,咱不赌气——娘不过生日没关系的……"

秀娟反安慰唐婶:"我哪敢和钱赌气,不过也得让那些仗着兜里有几个臭钱就作贱别人的东西,知道怎么做人!"秀娟直着喉咙说的这几句话掷地有声,邻近几桌霎时静了下来,看着秀娟一家人,那个满嘴酒气的家伙明知秀娟在骂他,却只能干瞪眼。

不知道是不是钱能通神,这下却快,眨眼服务员小姐已经端了缸肉和浇汁馄饨上桌,还拿了小刀要帮着切块。

秀娟对服务员说:"谢谢,让我们自己动手好了。"她接过小刀,在艳红油亮、浓香扑鼻的缸肉上横划十竖切成六十六小块,先搛了一小块在母亲碗里,又俯身对磊磊说:"乖,我们一起唱首'生日歌',祝外婆生日快乐!"祝福歌充满深情和暖意,在唐婶一家的菜桌上响起。

服务员小姐轻声对秀娟说:"大姐,席上得慢,你们尽量慢慢吃着。"

但一钵缸肉和一客馄饨本没多少东西,小磊磊又是个孩子家,吃得滑口,不消多少时候,桌上就只剩一个空钵和一个空盘,三人只坐着干等秀娟后来点的那300元的酒水上桌。

就在这时,"忽"地一下,江顺兴店堂顿时一片漆黑,原来是突然断电。店堂里先是猛一下静得出奇,但马上就像掀翻了的罗汉堂,大乱起来,一片摔椅掼凳的响声,黑暗里,只觉得人们都在争先恐后朝外挤。

江顺兴一班服务员惊呆了,等到醒悟过来,就立刻挤到店门口,死命拦堵人流,扯着嗓子喊:"大家要有点起码的道德,都没付饭钱呀——"

"付钱? 哼! 不找你们要精神赔偿算你们走运了!"有人高嚷着回答,还夹杂着阵阵哄笑。没一会,刚才还人声鼎沸的店堂,在黑暗中只剩一片空落落的寂静。

十多分钟过去,光明总算重新降临了江顺兴,但见满店堂杯盏狼藉,只是除了服务员,竟没个人影——不,靠角落一张小桌边,还围坐着三个人——一位清瘦的老太太,一位清秀的女士和一个天真无邪的小男孩。

"小姐,如果我们叫的那席酒水还没烧,那就算了——就把一份缸肉和馄饨的账结了。"秀娟平静地说着,仿佛刚才什么事也没有发生过。

那位服务员小姐望着秀娟,眼里闪着泪花,上前轻轻说:"大姐,其实我并没给你们叫那席酒水——看得出大姐是个俭朴的人,只为争一口气才叫那席酒水的……因此我特意关照你们慢慢吃,想等那桌客走了才和你们结账。"

秀娟很是感动,起身紧握着她的手,诚恳地说:"谢谢你的好意——那就请结了那份缸肉和馄饨的账吧。"

那位小姐正要接钱,不料身后江顺兴总经理已进来多时,听明白了一切。只见他上前一步,对唐婶一家深深一鞠躬,然后直起身推开秀娟拿钱的手,坚决地说:"不,今天该我们江顺兴请你们全家的客——请无论如何接受我们的这份心意!"

秀娟淡淡一笑,答道:"谢谢——不过今天是我妈六十六岁生日,这份肉不是别人可以代请的呢。"说罢把钱放在了桌上,拉起磊磊,对唐婶说,"妈,咱回吧。"

唐婶一边站起身,一边笑着跟总经理打趣说:"你瞧,咱这孝顺囡儿懂她娘清清白白活这般年纪不容易,因此,哪怕你这位大经理不打灯请我客,她还是让我站亮处里做人! 大家再会——"

江顺兴大酒店的全体员工,个个怀着敬意,他们站在门口,目送着这三位只吃一份缸肉和一客馄饨的顾客,缓步走出了店堂。

(徐自谷)

朝中有人难开店

太平镇有个喜老头,老两口开着一个小吃店,专卖牛肉汤和硬面锅盔馍。生意不好也不坏,每天收入三十来元,日子过得挺舒坦。

最近喜老头的儿子从省城调回来,做了本地的代市长。这本是一件天大的喜事,不料喜老头却喜不起来,还闹出了一场病。

原来,喜市长在电视上露了一次面,镇上的刘镇长到喜老头的店里喝了一碗牛肉汤,吃了一块锅盔馍,喜老头的生意突然火爆起来。先是镇上的头头脑脑们,隔三差五光顾喜老头的小吃店,然后是东西南北四条街爱喝牛肉汤的食客们,也都拥进喜老头的小店。

小店只有三间门面房,几乎天天爆满。喜老头两口子忙不过来,只好请了两个帮工,才勉强应付局面。

俗话说,开饭店的不怕食客多。起初喜老头每天晚上数着大把大把的票子,也着实高兴了一阵子,可半个月后,他却再也高兴不起来了。

他从人们的闲言碎语中,终于明白了生意火爆的原因:刘镇长为了讨好喜市长,搞曲线行贿,不仅号召镇上的头头脑脑们关照喜老头的生意,还暗中指示工商、卫生、防疫等部门,找出种种借口,责令镇上另两家卖牛肉汤的停业整顿。这样一来,喜老头独领风骚,别无分店,生意能不红火?

弄清了事情的原委,喜老头惊出一身冷汗。

刘镇长讨好儿子,肯定是另有所图。儿子一旦满足了刘镇长的要求,不就犯错误了吗?别人不骂娘吗?儿子从小学到大学,头悬梁、锥刺股的,当个市长不容易呀!想到此,他毅然拆了锅灶,改行卖蔬菜。

不料喜老头的蔬菜也抢手,不管是白菜萝卜,还是冬瓜豆角,只要一开门,就被镇直单位的机关食堂抢购一空,而且不问价钱,更不挑肥拣瘦。

喜老头只卖了三天蔬菜,其他卖菜的冷言冷语就传了过来:还是有个当大官的儿子好啊,将来市长前面那个代字一去掉,只怕卖狗屎都有人买!

喜老头顾自己的脸面,更顾儿子的前程,没有办法,只好关门歇业。

一个做惯小生意的人,怎么能闲下来?

歇了几天,喜老头几乎歇出病来,就跟老伴商量,找点生意做吧!

老伴说,如果刘镇长盯上了咱们,做什么生意都会火爆!总不成去卖那臭气冲天的狗屎吧?

喜老头摇摇头，当然不能卖狗屎，狗屎是肥料，刘镇长一声令下，还不照样抢手！

喜老头家的后院有个不小的水坑，坑沿种了不少柳树。柳树成材以后，不断有人打听，要买柳树做棺材。有道是死人难得活柳埋嘛。

那时候喜老头开着小吃店，不缺钱用，嫌"棺材"两字不吉利，把打听的人统统拒之门外。现在，喜老头愁了几天，突然有了主意，对老伴说："咱开个棺材店怎么样？"

老伴心领神会，拍着巴掌说："亏你想得出！"

老两口想到一起了：棺材这东西，只有死人才用得着。太平镇这地方很偏僻，老百姓死了还兴土葬，只有刘镇长他们吃皇粮的人，死后得火化，用不着这东西。可老百姓呢，谁也不会平白无故买口棺材放家里备用。

主意打定，喜老头就请了木匠，伐了一些柳树，叮叮当当，又砍又刨，做出十口棺材，整整齐齐摆在店铺里。

放了一挂鞭炮，棺材店就开张了。喜老头端杯浓茶坐在店门口，悠闲地品了起来。这生意在太平镇独此一家，不会因为儿子做了代市长，造成不公平竞争，也不会因为刘镇长的炒作日进斗金。

当然，这生意也不怕冷清，三月不发市，发市吃三月。赚钱多少不说，清清白白做生意最好！想到这里，喜老头不由哼起了河南梆子。

喜老头正哼得得意，忽见镇民政所的王所长匆匆走来，喜老头一怔，就住了口。

一条街住着，彼此都熟悉。喜老头知道，王所长的父母都是乡小学的体育教师，身体棒得像运动员，清早还见他们领着学生跑步呢，总不成出了什么意外？他们都是吃公家饭的人，死了也要火化，一个骨灰盒就是最后的归宿，怎么会来买棺材？

王所长见喜老头满脸狐疑,生怕他问出什么不吉利的话来,忙抢先说明来意:昨天镇敬老院死了一个五保户,五保户是北岗人,因此敬老院提出让北岗村安葬;而北岗村说五保户既然死在敬老院,就该敬老院埋人。两家正为一口棺材推诿扯皮,喜老头棺材店开张的鞭炮声惊动了刘镇长,刘镇长当即指示民政所出面,为五保户买口棺材,也算是最后的关怀吧,主要是体现社会主义大家庭的温暖。

喜老头一听,脸上就布满了阴云。这个刘镇长,盯得可真死!可是,自己是开棺材店的,总不能有货不卖吧?心里虽然别扭,还是让王所长买走了一口棺材。

更出喜老头意外的是,棺材店的生意很快又红火起来,开张没有一个月,十口棺材就卖了八口。暗中一打听,根子还在刘镇长身上。

刘镇长私下给太平镇所属的十几个村委都打了招呼,作了一个不成文的规定:不管哪村死了人,除了自己有棺材,否则都尽可能买喜老头的,还说这等于支持本地非公有制经济发展,也等于支持了喜市长的工作。

而一些村干部在向丧主游说时,又换了一个更容易被老百姓接受的说法:喜老头祖上积了德,坟地占了风水,加上人家教子有方,儿子就当了市长,搁过去那叫府官,在级在品。现在你家老人用了喜老头卖的棺材,等于沾了灵气,后代不说出将入相了,出个七品知县,不也耀祖光宗吗?

那些迷信的丧主宁肯信其有,别说后代儿孙当县长、乡长了,就是当个村主任也满足了。

听了这些议论、传言,喜老头背后直骂刘镇长的娘,可想想又奈何不得人家。刘镇长又不亲自出面,丧主也不是强买,你能怎样人家?

喜老头想不出办法,只好自己宽慰自己:太平镇不过三万之众,死人的事毕竟是很少发生的。像上次,有三个老兄弟为其老娘祝寿,四个人同时食物中毒身亡,肯定是千年不遇的。太平镇只要不死人,刘镇长就是有上天的本事,这棺材也不会成为畅销货!

想到这里,喜老头就在心里默默祷告,愿上苍保佑,太平镇人寿年丰,永享太平。剩下的两口棺材宁可一年卖不出去,只求做个清清白白的生意人就行。

但是,老天爷管不了人间的事,转眼之间,太平镇又死了一个人。

这人是个护林员,带着一只大花狗,管护着镇子后边几百亩树林。那天晚上,一伙歹徒盗伐林木,护林员和他的大花狗拼死搏斗,人喊狗吠,杀声震天。派出所民警闻讯赶到现场,抓获了两个伤痕累累的歹徒,而护林员和他的大花狗则双双因公殉职。

护林员被树为英雄,镇政府出面举行了隆重的葬礼,用的自然是喜老头店里的棺材。那只大花狗虽也死得壮烈,但不好发文件以英雄命名,人们就觉得有些惋惜。刘镇长顺应民意,马上作出决定,把大花狗葬在护林员身边。为表示敬意,也用棺材厚葬。

值此,喜老头店里的十口棺材,全部卖掉了。

看着空荡荡的店铺,喜老头又一次冒出了冷汗。一个月卖出十口棺材,肯定创下了太平镇之最。这个消息传出去,人们会怎样看待喜市长?

看来棺材也不能卖了。

喜老头只好再次歇业,并且很快病倒了。

喜市长抽空回来看望父亲,了解了病因,一肚子无名火,却发不出来。

喜老头请求儿子,快把刘镇长的官免了吧,不然我的病好不了。

喜市长苦笑着摇摇头:"人家没有实质性的错误,如何免?"

后来,喜市长给县里打了招呼,没过几天,刘镇长平调回城,做了气象局的局长。虽是平调,也令人羡慕,在基层工作的乡长、镇长,谁不想早日调回县城?

喜老头的病很快好了,又干起了老本行,还卖牛肉汤和硬面锅盔馍。

谁料重新开张的第一天,刚开店门,新上任的柳镇长就走了进来。

喜老头一惊,血压"噌"地升高,又一次病倒了……

(曲范杰)

拒聘

王阿毛十五岁进机械厂,干了三十多年钳工、锻工、修理工,那手艺真是额头上搁扁担——头挑,全厂工人、干部都称誉他为"万能工人"。

半年前,机械厂调来一个新厂长,这新厂长名叫万金友,不但为官圆滑,而且善打"算盘",所以大家都叫他"万能厂长"。

万能厂长到任后,不抓生产,只知道吃喝玩乐,没多久机械厂开始走下坡路了,厂里传出一些小道消息,说工厂要下岗裁员,闹得工人们人心惶惶的。

这天王阿毛下班回家,老伴阿毛婶一见老头子就忍不住唠叨开了:"老头子,厂里要下岗裁员,可别把你也给裁减了!"

王阿毛听了,不由哈哈笑了起来,说:"老太婆,你放心,厂里要下岗裁员不假,但要裁谁也裁不到我王阿毛头上来!"

阿毛婶讥笑道:"他万能厂长是你内侄?还是你'万能工人'是他外甥?"

王阿毛并不理会老伴的讥笑,一本正经道:"你想想,做厂长的,总想把工厂搞好吧!工厂搞好了,有了利润,厂长才能去酒店、舞厅消费!凭我老头子万能工人的外号,你想想,难道万厂长会不知道我的技术水平?他每月只发我五百多元工资,你想想,万厂长他会觉得亏么?"

阿毛婶想想也确实有道理,便不再吭声,去厨房端出一盆油氽花生米,为老头子倒了满满一盅二锅头。

第二天一早,王阿毛去上班,只见厂门口围了一群工人,正在"叽叽喳喳"地议论贴在墙上的一张大红纸,听说就是厂部公布下岗工人名单的告示。

王阿毛心里一沉:说下岗就下岗啦!不由暗暗地叹了一口气。

几个调皮的工人看见王阿毛,都笑道:"王师傅,你的大名年年写在光荣榜的第一名,今天下岗裁员,也不拉下你,还是排在第一名!"

王阿毛大吃一惊,往大红纸上一看,可不是,"王阿毛"三个字赫然写在告示的第一排第一名。

一刹那,他仿佛被人当头敲了一棍,只觉得眼前金星乱冒,双腿一软,差点儿瘫坐在地上。

一些工人七嘴八舌道:"下谁我们都服气,就下王师傅我们不服气,厂里哪一台机器设备少得了王师傅!"

大家越说越气愤,有几个工人就拉了王阿毛来到厂长办公室评理。万能厂长的女秘书小冰儿想拦,可哪里拦得住,工人们"呼"一下就拥了进去。

万能厂长夹着一支大中华香烟,望着一大群工人,冷冷一笑,道:"谁下谁不下,这是厂部和职代会集体研究决定的!"

工人们都知道,自万能厂长到机械厂后,什么事都是他一个人说了算,"厂部"、"职代会"只不过是聋子的耳朵——摆设。

见工人们群情激愤的样子,万能厂长又换了口气,道:"其实,我也不想让大家下岗,但工厂实在困难,只好暂时下几个工人,等形势一有好转,我就放十八响大爆竹,请大家回来上班!"

见大家不吭声,万能厂长又道:"大家想想,像王阿毛师傅这样的技术骨干,我怎么会舍得让他下岗呢,我心里……唉,也难受哟!可是关键时候,也只有请你这样的老工人带头了!阿毛师傅,你放心,迟早我会让你回来上班的。"

话说到这份上,大家还有什么好说的呢,众人便垂头丧气地走出了厂长办公室。

王阿毛下岗后,租了辆三轮车,每天奔波在大街小巷。只要碰到厂里的工人,他便会详细地询问厂里的情况,听听工厂有没有好转。每晚躺在床上,也辗转反侧,不能入睡。

有一天,王阿毛带一位客人去火车站,蹬着蹬着,他自己也不知怎么的,竟把三轮车蹬到了和火车站相反方向的机械厂。

三轮车一蹬进厂里,那客人才明白上了车夫的"当",不由大叫起来。

这时,王阿毛也醒悟过来,忙不迭声地道歉:"对不起,对不起,我蹬反了方向……"

客人叫道:"我要去赶火车,去省城谈一笔大生意,要误了火车,这损失怎么办……"

王阿毛忙掉转车头,狠命往火车站赶去,边蹬边歉意地向客人说了自己下岗的遭遇,客人听了才不再说什么。

几天后的一个中午,王阿毛疲倦地蹬着三轮车回到家里,只见屋里坐着个陌生人。

阿毛婶见丈夫回来,忙招呼道:"老头子,有个客人找你呢!"

那人一见王阿毛,忙站起身来,道:"王师傅,你还认识我吗?"

王阿毛仔细一看,原来正是几天前他蹬三轮拉的那位客人。他不由心里一惊:一定是这位客人误了火车,没谈妥那笔大生意,找上门来要我赔偿损失了。便提心吊胆地问道:"同志,那天没耽误上火车吧?"

那客人笑道:"没有,没有!"

王阿毛这才放下心来:"那你⋯⋯"

客人忙从口袋里掏出一张名片来,说:"我在大街上找了一圈,没找到你的三轮车,便去你们机械厂问,这才找到你家里来了!"

王阿毛接过名片,一看,原来这位客人是一家乡镇个体机械厂的老板,名叫王荣发,便问:"不知王老板找我有什么事?"

王老板笑道:"那天在三轮车上,我听你说很想回厂上班。我后来又得知你原来就是市机械厂大名鼎鼎的万能工人,我的厂正好需要你这样有实践经验的人才!所以,我这次来,是特地聘你到我厂当技术顾问,每月工资两千块,包吃包住,你如答应,明天就来上班!"

王阿毛听明白是这么回事后,不由笑道:"多谢王老板的好意,不过,我如今还是国有企业的正式工人呐!"

王老板笑道:"嗨,王师傅可真逗,机械厂让你下岗这么久了,说不定明天把你给一脚端了呢,还什么国有企业呐!"

王阿毛不高兴了:"你这是什么话,我们厂长说过,迟早要请我回去的。你走吧,我不会跟你去的,我有自己的工厂!"

王老板见王阿毛逐客,只得悻悻道:"好吧,我先走。不过,王师傅可以考虑,什么时候愿意来上班,就打我手机,那名片上有我的手机号码。"

拒绝了王老板的聘请,王阿毛依然每天早出晚归,老老实实地蹬他的三轮车,抽空打听机械厂近来形势有没有好转,万厂长什么时候能让他回去上班。但他得到的消息却越来越坏:他和一批技术工人下岗后,又有一些生产骨干被裁了员,只剩下一些吊儿郎当的工人,这段时间根本没有开过工。王阿毛听了长吁短叹,忧心忡忡。

第二年开春,这天王阿毛正蹬着三轮车在大街上兜圈,忽然被几个机械厂的工友喊住了。

见他们心急慌忙的样子,王阿毛就知道一定是工厂又发生了什么事,便停住了三轮车。

工友们七嘴八舌告诉王阿毛:"王师傅,不好了,咱们的工厂破产啦!"

王阿毛吃了一惊,哪里肯信,道:"别瞎三话四,咱机械厂这么厚实的家底,怎会说破产就破产了?"

工友们说:"厂门口贴着告示呢,说让我们去厂里结算安置费,把工龄买断了呢!"

王阿毛忙跟了工友们赶到厂里,果然厂门口贴着一张白纸,上面写着,限工人们十天内来厂财务科结算工厂破产安置费,延期未结算的,以后自个儿去市有关部门结算。

望着那张白惨惨的告示,王阿毛呆呆地站了半晌,猛然叫道:"完了! 完了!"他一屁股坐在了地上,竟像个孩子似的号啕大哭起来。

工友们过来劝道:"王师傅,别哭了,散了伙也拉倒,凭你王师傅万能工人的技术,到哪儿不端个饭碗儿!"

王阿毛失魂落魄地回到家,难过得茶饭不思,大病了一场。过了一个多月才恢复精神,重新蹬起三轮车来。

半年后的一天,王阿毛送一个客人去火车站,回来时路过一家宾馆,忽听得一个娇滴滴的声音喊他:"王阿毛师傅!"

王阿毛以为有人要车,一回头,原来是一辆簇新锃亮的"奔驰"轿车停在宾馆门口,从车里钻出来的竟是那位破产厂长万金友和他的女秘书小冰儿。

王阿毛心里疑惑:厂长自己有专车,还喊我三轮车干啥?但既然喊了,总得过去,便蹬了三轮车过去,叫了声:"厂长!"

万金友冲他笑眯眯地一点头。

小冰儿娇滴滴地更正道:"王师傅,现在不是厂长了,得叫老板!"

王阿毛只得改口道:"万老板!有什么事?"

小冰儿道:"我们正想去你家,这儿碰见你,正好!你还不知道吧,机械厂破产后,已被我们万老板私人买下了!"

小冰儿说着,咧着涂得血血红的小嘴,朝万老板嫣然一笑,又嗲声嗲气道:"你不是常想回厂上班么,老板让你回厂,继续干你的老本行!"

"厂长……噢,老板,你私人把工厂买下了?"王阿毛无论如何也不能相信,这么大一个工厂,万金友哪来这么多钱,说买就买下了?并且摇身一变,从国有企业的厂长变成了个体老板!

王阿毛毕竟不是笨人,他一下子明白了:原来当时万金友故意让机械厂的技术工人、生产骨干下岗,是另有目的的,就是为了让工厂早些儿垮掉,趁机提出破产申请,然后再自己把这所谓不值钱的工厂买下……

望着发呆的王阿毛,万金友开口说话了:"王师傅,这两年,可惜了你的一身好技术哟!我早就和你说过,迟早我会让你回来上班的。这下,你这个万能工人可是大显身手的时候啦!"

见王阿毛还是一副痴痴呆呆的样子,小冰儿"哧儿"一声笑了,她从鳄鱼皮坤包里拈出一张粉红色的纸片儿来:"这是万老板给你下的聘书,聘任你为机修组长,每月工资两千元……"

王阿毛盯着面前的这张聘书,不由双眼一阵模糊,终于,他伸出那侍弄机器近四十年的手,接过了聘书。

万金友见王阿毛接了聘书,不由得意地笑了,对王阿毛道:"好好干,工资除外,我再加你奖金……"

忽然,他倏地住了口。只见眼前彩蝶飞舞,那张聘书已被王阿毛撕成碎片,飘飘忽忽落到了地上。

待万金友和小冰儿定下神来,看那王阿毛,早已蹬着三轮车投入到茫茫人海之中。

(沈海清)

匠 心

父子俩都是木匠,人称老木匠、小木匠。

这老小两个木匠开了家木匠铺,专门为人定做各式家具或办公用品。由于质量可靠,收费合理,受到大伙的称赞,生意一直很好。

这天,父子俩正忙着干活,来了个顾客。他见老木匠专心一意地在雕刻家具,便对小木匠说,他姓张,是县"打假办"的干部,为了深入开展打假工作,想定做 15 只举报箱,挂到县城的各条路口,方便群众检举揭发。

小木匠一听是桩小生意,不想接活,便说:"对不起,我们近来很忙,请到别处去做吧。"

老张转身要走,老木匠喊道:"别走!"

小木匠知道父亲想接这桩生意，连忙说："爹，我们手里的活，人家正催得紧呢……"

老木匠像是没听见，朝老张招招手，让他回来。

小木匠没办法，只得叫老张谈谈规格式样。

老张说："举报箱么，只要能开能锁，可以往里投信就行。"

小木匠报了价："每只20元。"

"什么？做这一只小木箱要这么多？最多出四元。"

"那你到别处去做吧。"

几经争执，最后老张让步，每只增加两元，可小木匠却死咬住20元不放。

这时，老木匠说话了："行，六块就六块！"说着，递过一张他刚画好的草图。

老张一看，连连点头："行，行。"

老木匠说："那好，你两天后来取货。"

老张大概怕他们变卦，掏出十元钱说："喏，定金。"

小木匠不肯去接那十元钱，直到老木匠开口："收下，开个收条。"他这才很不乐意地照办。

两天后的一个早上，老张叫了辆人力三轮车取货来了。他进门一看，果然箱子已经全部做好，一只只都涂了乳白色的油漆，正面和侧面都写有"打假举报信箱"六个大字，显得特别醒目，在箱子的顶部还钉有一块拱形的铁皮，刷有银色的防锈漆。这么15只箱子一字形排开，好看极了。

老张见了这些木箱，非常满意，但还逐只进行检查。

小木匠不高兴地说："你放心好了，我爹用了店里最好的木料，加班加点，精心制作，不但没赚钱，而是亏了大本了！"

老木匠笑着说："你别听他说得那么严重。不过，为了打假，自然要做得好些，亏点也值得。"

老张检查完，就掏出80元钱，连同那十元定金的收据，交给小木匠,说:"你给我开张发票。"

小木匠收了钱,取出发票本正要开,老张说:"哎,小师傅,你给我每只开 20 元,总金额 300 元。"

小木匠愣了好一会,摇摇头说:"你得了吧,我们做这些箱子已经亏了本,还让我们多缴税,那不行!"

老张笑了:"你呀,真不开窍!"说着撕下那张发票,留下空白的存根,再拿复写纸垫到发票下面,"这样开两次,不是于你、于我都有利吗? 真笨!"

小木匠这才恍然大悟:"噢——原来是这样!"说完便去找笔。

老木匠火了:"你给我站住! 这桩生意我不做了!"

老张和小木匠都呆住了。

老张说:"你这是何苦呢? 我给你 20 元回扣不行吗?"

"不,给我两万也不做了!"老木匠说着,取过 90 元钱,还给老张,下了逐客令,"你走吧!"

当天晚上,老木匠和小木匠一道,将那 15 只举报箱挂到各个街口,并在每只箱子里投进了同样内容的检举信,揭发了这件要求开假发票的事。

(佚　名)

权力的烦恼

　　每年高考结束的时候,市教委主任何文岫家中总是宾客如云,来打听分数的,托人情找关系的,还有送礼的……搅得她终日不得安宁。

　　为此,何文岫只好三十六计——走为上,家中一把铁将军把门,免去了许多麻烦。

　　但是,尽管如此,她还是被一大款秘密跟踪,一直找到了她躲藏的小姑家。

　　这天,那位大款提着沉重的大提包按响了门铃。开门后,何文岫看着这位似乎在哪见过、但一时又想不起来的不速之客,问道:"你是……"

　　"妈,您不认识我了?我是邱要武,您的女婿呀。"

一听是女婿邱要武，何文岫就像吃进了苍蝇一样心烦。但她还是镇定了一下情绪，问道："你来找我干什么？"

"妈，我不说，您大概也能猜着吧！您的外孙小刚高考落榜了，只差两分。唉！真把人急死了！妈，您是教委主任，我想求您给关照一下，能不能给小刚想想办法？"邱要武满脸堆笑地掏出"红塔山"，递过去，"啪"地点燃了气体打火机，"妈，您来一支……"

"谢谢，我不会抽。我说这事难办。最低分数线是上面统一规定的，任何人不能违反，别说是差两分，就是差半分也不行！"

邱要武一听，差点没把鼻子气歪，可他不敢发作，忍气吞声地解释道："妈，您不知道，小刚没考好，都快急疯了，连饭也不吃，我都担心他会寻短见呢！这不，我来求您，他妈在家守着他，唉，万一出个事，我和他妈都活不了了……"邱要武说着，蹲在墙角抹起了眼泪。

"不要用自杀来威胁我，自杀是最没出息的举动。告诉你，低于分数线的学生，一个也不能开后门！你走吧，我要休息了。"何文岫下了送客令。

"好！"邱要武狠狠地掐灭了半截烟头，一脸的麻肉横了起来，"啪"从包里取出一万元钱，说，"何主任，就算你今天六亲不认，但这些钱你愿意眼睁睁地看着我提走不成？别忘了，我如今是腰缠万贯的大款了，只要你丈母娘肯帮个忙，今后你吃香的、喝辣的……"

"住嘴！"何文岫拍桌子打断了邱要武的话，"我没闺女，哪来的女婿？我们之间早就了结了，请你出去！"

邱要武的脸一阵红、一阵白，破口大骂道："哼，别给脸不要！不就是个主任吗？摆什么臭架子？离了你这臭鸡蛋还不做草籽糕了。哼，老子有的是钱，高兴了，我带小刚到美国、日本留洋呢！"

邱要武走后没几天,检察院就来人调查教委主任何文岫收受万元贿赂的案子。更可气的是,邱要武还花钱雇了一部分人在群众中大造何文岫收受贿赂的谣,一时间弄得满城风雨,沸沸扬扬。

提起邱要武,那还得从1966年说起。当年他是红得发紫的造反头头,是他挑唆何文岫的女儿晓波起来造她亲身父亲的反,结果何文岫的丈夫被批斗致死,晓波走出家门,与母亲彻底断绝了母女关系,从此不再来往。后来晓波与邱要武结了婚,领着他回家认亲,何文岫硬是咬着牙不认这门亲。她为了忘掉这一切,拼命地工作,把所有的爱心全部奉献给了她所热爱的教育事业,两年前她被任命为市教委主任。

事情过去那么多年了,何文岫也想通了,她期盼着有朝一日晓波能回到自己的身边,但她始终无法接受邱要武这个女婿,特别是刚才那场"交锋",令何文岫痛断心肠,再次中断了母女相认的念头。

这一天,何文岫下班回家,见门口站着一个戴眼镜的小青年,一副玩世不恭的样子,开口便说:"何主任,我的高考分弄错了。"

何文岫觉得好奇,问:"差了多少?"

"六十分左右。"

"你有什么根据?"

"我与国家教委印发的正确答案对过了。"

何文岫觉得事关重大,谨慎地问:"那你没去查分?"

小青年摇摇头,"查分?哪有那么容易的。我听说你很正直,所以想请你替我查清楚。"

"可以,请告诉我你的姓名和考号。"

"我叫邱刚……"

何文岫愣住了,她仔细打量起眼前这个小青年,还真有几分晓波的遗传因子……

泪水渐渐模糊了她的视线："小刚,为什么不叫一声姥姥?"

小刚冷冷地说："等我的分数查清以后再说。"

何文岫心中一紧,想起邱要武那晚的话,她觉得再说也是多余的,于是默默地点点头,推门进了屋。

第二天,何文岫独自一人骑车来到了查分的地方。查分对她这个教委主任来说,原本只要动一下嘴就成了,但她不愿这样做。

此刻,小窗口前挤满了人,那些心急如焚的家长们瞪大了眼睛,大汗淋漓地拼命往里挤。上了年纪的何文岫显得有点力不从心,费了好大劲,才挤到小窗口。

屋子里面坐着一个姑娘,外号叫"冰美人",她刚听了几句话,就把眼珠子一瞪:"现在是电脑判分,错不了。"

何文岫忍住火气,说:"这位学生和正确答案对过了,觉得少了60分,你们一定要查查看。"

冰美人冷笑一声:"你让查就查?说得倒轻松,没见有那么多人在挤吗,快走,少在这找麻烦!"

何文岫被噎得喘不上气来,没防备又被人流挤了出来,从旁边伸过的一只大脚险些把她绊个跟头。

一位老太太见状很气愤,提醒道:"老同志,两手空空地挤在小窗前是解决不了事情的,得研究(烟酒)才行啊!"

一句话提醒了何文岫,她悄悄绕到了后屋,从外向里一瞧:不由得气歪了鼻子,她一转身,大步流星走到前门,"啪啪啪"使劲地敲门。

一个年轻人打开了门,见何文岫两手空空,脸立刻拉长了,训斥道:"查分?到窗口去排队,乱敲什么?"

何文岫严厉地问:"既然规定在窗前排队,那为什么拿礼物的人就可以从这里进去?"

"哇呀！老太婆，你管得也太宽了。走吧，走吧，少在这儿惹是生非。"说完，年轻人便要关门。

"慢，今儿这事我管定了，非管不可！"

"嘿嘿，你是什么东西，这么气粗？"

何文岫掏出工作证，在年轻人面前一晃："拿去，看看清楚，我究竟是什么东西？"

冰美人在旁边觉得不对劲，忙走过来，接过工作证，打开一看，额角的汗顿时淌了下来，脸上立刻堆满很不自在的笑容："对不起，何主任，我们不知道是您老下来检查工作。这是新来的临时工，不懂规矩，我现在就把他辞退了。"

冰美人转身冷冷地对那个年轻人说道："你的工作表现太差劲了，从现在开始不用你了，回家去吧！"说完，朝对方使了个眼神。

何文岫不想看他们的表演，径直走进里间，顺手拉开抽屉，见"红塔山"、"阿诗玛"塞得满满的；打开下面的小柜，花花绿绿的礼品堆成了小山。

何文岫气愤地问："这怎么解释？"

这下冰美人可慌了，支支吾吾地答不上来。

何文岫回到教委后，马上召开党委会议，作出了严正党风、撤销冰美人查分站领导职务的决定。

决定还没打印，下午，便有一位大腹便便的市级领导亲自来到何文岫的办公室。他开门见山，一点都不拐弯抹角地谈了自己的意见：不要撤冰美人的职务！

但那位领导的话并没有起作用，冰美人还是被撤下来了。

小窗口挂上了"严正党风"的大牌子。何文岫还特意安排了两个维持秩序的工作人员，小窗口秩序井然，何文岫她自己也不声不响地排到了查分队伍的末尾……

分数查清了，邱刚没有说错，他确实整整少了六十多分，原因是工作人员抄分时出现了差错。

时隔不久,何文岫被撤职,她又回到了原来教书的学校。为此,人们议论纷纷,有的说何主任撤职是因为收了某大款的万元贿赂;有的说她利用职权为自己的亲外孙加分犯了错误;还有人说她与某某人的女儿有仇,搞打击报复而被上面撤了职。但也有知情者们出来纠正,说:何主任撤职的真正原因是她得罪了某号大人物,因为冰美人是那位大人物的女儿。

(赵改莲)

采山珍的人

　　这年秋天,长白屯的村民牛立到山林里去采山珍,转悠了两天,什么也没采着。

　　这天他走累了,坐在山坡上歇息,忽见从山下跑来一只梅花鹿,到他跟前"唉唉"叫了两声,又撒腿往山沟里跑去。

　　牛立顿时高兴起来,他多次听老人讲过:在采山人眼里,梅花鹿是一种吉祥兽,采山人要是碰上鹿叫,只要跟着鹿走,必定能采到大宝。

　　牛立激动得心都要跳出嗓子眼了:看来今天要发大财了。他撒腿就跟着那只鹿向山沟里跑去。

　　这是一道人迹罕至的大山沟,两边的山上苍松遮日,涛声阵阵,给人一种阴森森的感觉。牛立见那只梅花鹿斜着上了山坡,便也加快了步伐。等走上去，那只梅花鹿不见了，却有几只乌鸦在头顶上叫。他定了定神，往四周一看，发现不远处有一个新刨的小土坑，坑边倒着一个人。他跑过去一看，见是个老头，摸摸鼻子，早已没气了。

老头的身边有一个背篓，背篓旁有一棵令人炫目的白生生的大人参。牛立惊喜地拿起来一看，这是一棵罕见的百年老山参，正经的八品叶。只有这样的大参，才真正称得上是宝，价值比金子都贵哪！

牛立似乎明白了：这位采山老人，可能穷了一辈子，现在突然采到了这样一棵大宝，激动得过了劲，一下子竟故去了。唉，真像人们说的：人没有受不了的苦，却有享受不了的财呀！

牛立蹲下来，看着老人那没有闭上的双眼，不由得心里念叨着："大叔，你我都是采山人，今天我遇上你，无论怎么说也是缘分。按理说，我该将你送回家，可我又不知你是哪个屯的，叫我咋办呀！"

牛立正在手足无措，忽然"砰——"山那边传来了一声枪响。牛立一怔：这几年国家禁止在林区打猎，怎么会有枪声？他急忙跑上山顶，看见山坡上有一只梅花鹿正在拼命地跑，后边一高一矮两个人在追，那个高个子手里还提着一支猎枪，看样子梅花鹿已经受了伤，腿一拐一拐的。

牛立冲上前去，愤怒地喊了一声："你们是哪里的？不准打鹿！"那两个人扭头看了看他，大概也是胆怯了，没再追鹿，转身拐下山去了。

远处的山道上停着一辆吉普车，看样子他们是吃官饭的干部。见此情景，牛立便想让他们把采山老人的尸体捎下去，这样准能找到老人的家，于是就边跑边喊："请等等，有个老人病了，给捎下去行吗？"

那两个人却像没有听见，钻进吉普车，"呜"地一声开走了。

牛立望着那远去的汽车,骂了一句。他心里很快又有了一个主意:我把老人背到镇上去,那里有广播,有电视,发个寻人启事,还怕找不到老人的家人?

牛立背着采山老人的尸体走到镇上,已经是第二天的下午了。

有人把他领到镇政府,但这天正是个星期天,镇政府里只有一位姓刘的副镇长在值班。牛立进去一看,这位刘副镇长竟然就是昨天在山林里打鹿的那高个子!

刘副镇长见了牛立,却装出从未见过面的样子,不冷不热的,但他一看到老人的尸体,立即惊叫道:"这是我老舅!他是怎么死的?"

于是,牛立便把如何发现老人尸体的经过说了一遍。刘副镇长听完后,警惕地看了看老人的尸体,立即给公安局挂了电话。一会儿就来了七八个人,他们对老人的尸体反复进行了检查,最后认定是因病死亡,刘副镇长便派人去通知了老人的老伴。

谁知老人的老伴赶到镇政府,看见了老头子的尸体后,只哭喊了一声,就昏厥过去了。

刘副镇长只得派人把她送到医院抢救,又让人把老舅的尸体送到医院太平房里暂存,然后他对牛立说:"没你的事啦,你回去吧。这次你把老人的尸体从山里背回来,精神可嘉……"说罢他就匆匆赶到医院去了。

直到天黑后,刘副镇长才从医院里出来。他走到大门口,忽然发现牛立还蹲在墙根下,不觉一怔,问:"你……怎么还没走?"

牛立吞吞吐吐地说:"那位大婶醒过来了吗?"

"她还没醒过来,你蹲在这干啥?"

牛立说:"我想等那位大婶醒过来……"

刘副镇长眉头一皱,好像明白了这位屯里来的小伙子心里想的是啥,便耐着性子开导说:"小伙子,你把老人的尸体从山里背回来,确实是出了不少力,也耽误了你一些时间,按理说是应该给你点报酬的。可是,他家是农业户,又无儿无女,两位老人常年有病,欠了不少债,眼下的住院费、安葬费还没有着落呢。我看你就发扬一下风格吧,以后我到你们屯去,开大会表扬表扬你……"

他的话还没说完,对面一家饭店门口,有个女人一边招手一边喊着:"刘镇长,菜都上来了,就等你啦!"

他答应一声,又对牛立说:"你回去吧,大秋天挺忙的,别再耽误工夫了,我很快就会去你们屯的……"说罢,长长地叹了一声,就到饭店去了……

天越来越黑,医院的大门已经关上,牛立站在寒风之中,身子哆嗦,肚子直叫。他看了看背篓里,带的干粮早吃光了;摸摸身上,采山人进山从来不带钱,他真有点挺不住了,不由得往饭店走去。

这是一家挺大的饭店,大厅里有十几张圆桌,里边还有好几个雅间。大厅里吃饭的人已经寥寥无几,雅间里却劝酒打诨正在热闹。

一位服务小姐见背着背篓的牛立走进来,迎上前问:"您吃饭吗?"

牛立一时不知咋回答,站在那里脸红了半天,才喃喃地说:"我……想要碗热水喝,行吗?"

服务小姐看了看他,让他坐在一张桌子旁,不一会儿就端来一大碗热水。

牛立很感激地说:"谢谢您,我以后一定报答您……"

服务小姐一笑:"不就是一碗水嘛,不用客气。"

牛立正喝着,那服务小姐又给他端来四个包子,他一下愣了:"我……没要包子。"

服务小姐往雅间一指，说："是刘镇长让我给你端来的……"

原来，刚才刘副镇长去洗手间，看见牛立坐在桌前光喝水，大概也觉得有点那个，就让服务小姐送来四个包子。

服务小姐说："你吃吧，反正他们是公款，不吃白不吃！"

这时，一位护士跑来找刘副镇长，说他舅母醒过来了，让他马上去医院一趟。

不想刘副镇长正喝到兴头上，没好气地说："我知道啦，喝完这瓶就过去！"

牛立在外边听见了这话，心里骂道："这还算是人吗？"他不声不响地跟着护士到了医院大门口。

护士见了觉得奇怪，就问："你要干什么？"

牛立说："我想进去看看那位醒过来的大婶。"

"你是她什么人？为啥要看她？"

"我……把她老头的尸体从山里背回来，有点事要跟她说。"

那护士一听，瞪大了眼："怎么，你背回了他老舅的尸体，他们吃饭没带上你？"

牛立摇摇头："不说这个。我进去看看她老人家就走，一分钟，行吗？"

护士终于点了点头……

又过了一会儿，刘副镇长和几个人喝完了酒，他才去医院，看见老舅母坐在病床上，手里拿着一棵粗大的老山参，一下怔住了："这……哪来的？"

老舅母说："就是把你老舅背回来的那个小伙子，刚才交给我的，说是你老舅在山林里采的。"

一屋子的人都目瞪口呆！

谁能想到那个在饭店里只要一碗水喝的小伙子，身上还有这么一棵大山参？这宝贝少说也值两万元！他在寒风中饿着肚子等，原来就是为了等老人醒来，把这大山参交给她！

刘副镇长问:"他人呢?"

"他把人参交给我就走了。"老舅母说,"刚才我让护士去找你,就是想跟你商量商量,把房子卖了安葬你老舅,现在有了这参,房子也不用卖了……有这么好心的小伙子,是咱社会的福啊!"

立即有人追出医院,想再找找这个屯里来的小伙子,但找遍小镇,也没见到他的踪影……

几天后,长白屯的村主任到镇里来开会,给刘副镇长带来了两元钱,说是牛立还他的四个包子钱;还给饭店那服务小姐带来一对猴头蘑,说是感谢她那碗热水。

刘副镇长叹了口气,说:"那个小伙子也太死心眼了,早跟我说明情况,把人参给我,让我转交给我老舅母,我会马上派人采访他,好好地款待他,可他在我跟前就是闷头不吭声!"

村主任说:"我也这么批评他。可他说……他信不过你……"

村主任一见刘副镇长有点不高兴的样子,又急忙说:"屯里人,性子犟,觉悟低,您多包涵,多包涵……"

刘副镇长的脸变成了紫茄子,一甩手走了。自然,他也没有再到长白屯去开会表扬牛立……

(杨学利)

一辆山地车

郑喜成家在杏花村。"杏花村"名字很好听，但却是个贫穷落后的地方，为他上大学，爹把家里值钱的东西都卖了，才交了学费。

为了给自己挣点生活费，郑喜成好容易找了一份"家教"，每月有一百多元的补贴，自己打紧一点，也勉强过得去。

女主人刘萍对他很好，借给他一辆山地车，这样去市里，使他节省不少时间。他对这辆车子很爱惜，每天擦了又擦，看起来跟新的一样。

这天下午，郑喜成第一个从教室里走出来，要去市里家教。他一边下楼一边将手伸到衣袋里去掏钥匙。钥匙找到了，可车子却没影儿了。

　　车子原本一直放在楼梯口,两个小时前他上楼听课时,还看见它停在那儿的,青天白日的咋会丢了呢? 郑喜成楼上楼下找了个遍,那车子还是没有找回来,他顿时急得脸上直冒汗。

　　一辆山地车至少值500多块,自己如何向女主人刘萍交代? 刘萍一片好心地把车子借给他,一个月没过,居然把人家的车子丢了。郑喜成想了想,决定暂时不告诉刘萍,只要按原定时间准时去,这事便可暂时瞒过去,待自己以后挣够了车子钱,再讲明真相,赔偿损失,人家至少不会对自己有别的看法了!

　　但这一来,这500元车钱就像一个沉重的包袱压在郑喜成心头,他整天愁眉苦脸的,没事了便去街头溜达,瞪着两眼想瞅个挣钱的门路。

　　不久,门路找到了! 他从街头阅报栏里看到一条巴掌大的小文章,说经多方筹资,近日市里建成一座血库,并且说一般人每月献一次血不仅无损于身体健康,还可促进血液的再生能力,特别是对年轻人来说更是如此!

　　郑喜成从这篇文章里看到了还钱的希望,自己年轻,可以去卖血呀! 这样,也不用去求任何人了。他暗暗计算了一下,只要坚持三个月,便可筹够那辆山地车的赔偿费了!

　　化验员对郑喜成的血液进行了严格而认真的检验,一切指标均合格。郑喜成拿着合格证走近抽血窗口,不料那位负责抽血的护士看看他,眼睛突然瞪大了,手里的针管也停了下来。

　　郑喜成不知发生了啥变化,忙声明说:“我各项指标都合格!”他指着那合格证,想来个据理以争。

　　大眼睛摘掉了大口罩,此时的郑喜成也不由瞪大了眼睛。他认出来了,原来这位护士不是别人,正是他一直瞒着的做家教的那一家女主人刘萍!

　　“刘姐!”郑喜成像一个做错事的小弟弟见了大姐姐一样,不由低下了头。

刘萍目光里带着责备,问:"学习那么紧张,怎么来卖血?"

郑喜成见再无法瞒下去了,只得把秘密袒露出来:"我……不小心,把你那辆山地车丢了!"

刘萍却淡淡地说:"丢就丢了呗,一辆破车子,放在家里也没用!"

郑喜成摇摇头说:"不,我不能丢了就完了,我得……想法……"

刘萍没再说什么,却把他的合格证往旁边一推,重又戴上大口罩,朝门外喊了一声:"下一个!"

……

这天傍晚,郑喜成准时赶到刘萍家,他觉得自己应把丢车子的情况向刘萍讲清楚。当他踏进门,见刘萍已摆上一桌丰盛的晚宴,忙退到门外:"你家有客?"

刘萍伸出手来,作了个"请"的姿势,说:"要说有客,这客就是你呀!"

其实这也算不上什么宴席,只比平时多了几样荤菜和一瓶酒而已。

几杯酒下肚,刘萍很不好意思地说:"小郑老师,我有件事请你帮个忙。"

郑喜成豪爽地说:"刘姐,只要我能帮上忙,你尽管说吧!"

刘萍却吞吞吐吐的,欲言又止,脸儿红红的。

郑喜成的家教对象、刘萍的女儿丹丹,在一旁替妈妈把秘密捅破说:"我妈参加成人自学考试,还有几门功课没过关,想请你给她帮个忙儿,可又不好意思开口。"

这时,刘萍告诉郑喜成,她高中毕业就靠爸爸的关系找了一份在当时来说挺满意的工作,同时也找了个在学业上有建树、在事业上有成就的丈夫。后来父母相继去世,她把整个身心都投入到丈夫和孩子身上,可是丈夫是个不安分的人,他来了个停薪留职,到南方去追求他的理想去了,可理想没有实现,却被另一个女人把心勾走了。刘萍对此并不感到奇怪,因为现实生活中这样的事太多太多了,她只后悔没有上大学,不但丈夫瞧不起她,最终离她而去,就是在单位里也低人一等,至今连个中级职称也没评上,当初的小姐妹一个个都混得比她强。后来刘萍想:人家能拿个大学文凭,我为什么就不能呢?

郑喜成这才恍然大悟,怪不得这么多天咋没见着丹丹的爸爸哩! 刘萍的这番自我表述,使郑喜成对她深感同情,他摆出一种慷慨相助的劲头,对刘萍说:"我是给你替考,还是到考场为你传小抄? 一切听从你安排!"

刘萍嫣然一笑,说:"我还不至于那样笨。我想请你给我作辅导,让我真正学点儿东西,这样得来的文凭自己心里才踏实。但为了不影响你学习,下午放了学你就来我家吃晚饭,这样我可以随时向你请教。星期天和节假日再加个班,你觉得如何?"

郑喜成当然是满口答应。

在一旁做作业的丹丹忽然惊叫一声说:"哇,妈妈,咱俩一个老师,又在一起学习,咱不成了同学了吗?"

这下把刘萍逗笑了,郑喜成的心似乎跟这个家庭也贴得更近了……

时间过得真快,转眼就到了暑假。郑喜成说:"刘姐,我向你请个假,我想回家去看看!"

刘萍笑笑说:"看你客气的,要走就走呗!"

郑喜成刚出门,刘萍又问:"回去多长时间?"

郑喜成说:"最多一个星期吧!"

郑喜成一走,这个家好像冷清了不少,刘萍下班回到家里,心里感到空落落的,她很快意识到自己失落的不是别的,而是郑喜成。这些天郑喜成已融入了这个家,使她那颗静水似的心有了波澜,有了激情,有了对生活的兴趣和追求。平时她几乎是足不出户,从家门到单位两点一线的生活模式,虽然单调,但也平静。

然而此时,她的心乱了,她不知自己为什么竟会对这个农村来的大学生感兴趣。当她处在婚恋阶段时,女友们认定的一个婚姻取向就是不找农村的。细究其理由,一是农村穷,家庭只会成为自己的包袱;二是乡下穷亲戚多,会给你找很多麻烦。她原本结识过一位农村的同学,甚至可以说感情已相当深厚,最终还是听从了女友的劝告,转而同那个无情无义的高干子弟结合了。现在她同郑喜成相处几个月,她似乎从这位憨头憨脑的农村小伙子身上发现很多可贵的东西,她已从情感上喜欢上这个人了。

丹丹也似乎接纳了这个叔叔和家庭教师,总是一遍又一遍地问"郑叔什么时候回来"。

丹丹有点耐不住寂寞,参加了学校组织的夏令营,到外地游玩去了。家里只剩下刘萍一个人,她越发感到寂寞和孤独,她多想给郑喜成打个电话,让他快点儿回来啊!可惜郑喜成家里没有电话,那里太偏僻落后了。

一星期后,郑喜成重新踏进这个家,他果然变成了另一个人儿,黑黑的面孔,黑黑的肩膀,强强壮壮的,真像个火头橛儿。郑喜成显得特别高兴,他从衣袋里掏出一大卷钱来,递给刘萍说:"这是那辆山地车的钱!"

郑喜成交出这笔钱就像卸下了压在心头的负担,他说:"我的同学都见过那辆车子,他们评估的结果是值500块钱。刘姐,这是我应该给你的,你一定要收下!"说罢,便把那卷钱放在她面前的茶几上,脸上闪着从来没有过的兴奋和喜悦!

刘萍问:"你哪来这么多钱?"

郑喜成喜滋滋地告诉她说,村前那片槐树林子要更新,改种苹果,树身子被村里人卖了,留下好多大树疙瘩。他和爹像得了宝贝似的,起早贪黑,一星期刨了一百多个,全部卖给了县公路段熬柏油用。一个树疙瘩五块钱,他们总共卖了六百多块。

说到这里,郑喜成按按衣袋说:"我还剩一百多块哩,下学期书费不成问题了。"

刘萍脸上却没笑意,她说:"你把手伸过来我看看!"

郑喜成不知刘萍何意,慢慢把手伸到刘萍面前。啊,这是一双什么手哟!上面布满了老茧和血泡,血块凝结在茧壳里,有的地方已经发炎了。

刘萍忙拿药水为郑喜成涂抹着,轻声责备他说:"傻样!我不是对你说过了吗?那车子我不要了!"

郑喜成却说:"不!我丢了你的车子,若不还你,我心里老觉得不舒服的。欠人家的东西要还,这是常理!"

刘萍忽然想到自己的丈夫,他欠自己的感情账太多了,他如果能像郑喜成这样,他会把自己甩了吗?

她握着郑喜成这双结满硬茧和血泡的大手,热泪一滴又一滴掉在那血泡上。她轻声说道:"你今后需要花钱,给我说一声,姐姐还有这个能力,我一定资助你读完大学!"

郑喜成也激动起来,说:"刘姐,我知道你对我好!你让我为你作辅导,是变着法儿赞助我。不是你,我实在难以坚持读下去啊!"

正在这时,丹丹夏令营结束从外地回来,一推门,看到妈妈握着郑叔的手,她一下愣在那里,不知如何应付这复杂的场面了!

(张兴元)

师 生 谊 重

所有形式的爱,常常包含着共同的基本要素:关心、责任。

拥抱真情

　　林茹老师今年38岁,人长得很漂亮,她是江城中学高一(3)班的班主任。

　　近些日子,林茹发现班上一个叫陈盼盼的男生,上课老是定眼走神、没精打采,作业也经常出错。

　　这天晚自修结束后已到了休息时间,她正在批改学生作业,班上一个外号叫"小灵通"的男生悄悄跑来,告诉她:"林老师,我看见陈盼盼刚才拿了样什么东西藏进被窝里,好像是小说书。"

　　为劝阻同学们不要毫无节制地看课外书籍,林茹已动了不少脑筋,几次课桌里的"扫荡"之后,有些同学便"撤退"到宿舍,甚至熄灯后还躲在被窝里打着手电看,所以小灵通成了男生宿舍里的"卧底"。

林茹二话没说上了楼,跨进那个叫陈盼盼的同学的宿舍,揿亮电灯,然后径自来到陈盼盼的床前,没好气地把手一伸:"陈盼盼,把书拿出来吧!"

这不啻一声惊雷,宿舍里十多双眼睛全都聚焦过来。

"我没,没……"陈盼盼慌了,支支吾吾地一手捂紧被窝,另一只手在往身下塞着什么。

林茹"哼"了一声,拽住他那胳膊将被角一掀,谁知暴露在眼前的不是小说书,竟是一副玫瑰色胸罩!

这是半个月前,她洗晒在自己宿舍门前而失踪了的那副胸罩。

"哈哈哈!"整个宿舍里立时爆发出一阵哄笑,紧接着又是一阵紧张而难堪的沉默,男生们的嘴巴全都张成了"O"字。

在林茹的印象中,陈盼盼性格内向,在班上说话都会脸红,文静得简直像个女孩子。他对老师也很尊敬,平常几乎从没做过调皮捣蛋的事情,在同学中属于比较规矩本分的那一类,实在没想到会有这种事。

此刻,林茹真是又羞又恼,狠狠地瞪了陈盼盼一眼:"你、你给我写检讨!"说罢,一把抓起那胸罩,甩门而去。

第二天一早,林茹在宿舍里刚洗罢脸,陈盼盼来到了门口,双眼愣愣地望着地上,两脚使劲地搓了老半天,才抬起头迟迟疑疑地叫了一声"林老师"。他进来,将一份写得工工整整的检讨书放在桌上,然后老老实实站在旁边,低着个脑袋,连大气也不敢出。

林茹本打算好好训他一顿,但看他那可怜巴巴的样儿,一肚子的气也就消了下去。

可谁知过了不到两个星期,陈盼盼的这种行为竟又一次出现了。

那天中午,陈盼盼独自走到林茹宿舍门前,在晒着胸罩的晾衣架下转悠了半天,一阵东张西望后,扯下那胸罩就迅速地塞进怀里,却又被在不远处的小灵通逮了个正着。

一个16岁的男生屡偷胸罩,居然还专偷她林茹的,这使得林茹羞恼之余心灰意冷,甚至产生了一种厌恶感。

这一回,整个学校哗然了,林茹通知陈盼盼,回去叫家长来。

第二天傍晚,外面风大雪猛,一个乡下老大爷敲开办公室的门走了进来。老大爷约摸有70岁,一层糊糊的冰屑渣儿粘住了满头白发,嘴唇干裂,双眼通红。他神色惊慌地来到林茹跟前,他的身后,跟着惴惴不安的陈盼盼。

"你是陈盼盼的家长?"

"是,是!"老大爷连忙点着头,又补充道,"我是他外公,家里就他跟我。"

"那好吧。"林茹从档案上知道陈盼盼没有父母,但现在也不想问那么多了。她将办公桌上的一张纸头拿起来,往老大爷面前一递,没好气地说:"我们学校不能留这种学生,只好劝其退学。这是处理决定,请好自为之吧!"

陈盼盼僵住了,脸色一下子变得煞白。他大概没想到老师处理得这么严重,两行泪水汩汩流了下来。

老大爷直直地愣了半晌,脸上打起卑谦的笑容:"林老师,孩子进这学校不容易,他不念书,往后咋办……"

林茹的气不打一处来,用手指着陈盼盼:"这样不长进的孩子,书读了有什么用?"

老大爷重重地叹了一口气,嘴角"突突"抽动着。忽然,他抡起枯瘦的巴掌,"叭"地打在陈盼盼的脸上:"小兔崽子,你给我跪下!"

也许是被这一巴掌打蒙了,陈盼盼不知所措地站在那儿。

老大爷转过脸来,声音颤抖道:"林老师,就再给他次机会吧?怪只怪我,从小没把他管教好,今儿个我、我给你赔礼了……"老大爷浊泪纵横,两腿一屈,"通"地朝林茹跪了下来。

"外公!"陈盼盼扑上去,一把搂住了外公,两人哭声连在了一起。

林茹本是个心地善良的人,面对这一切,她的心软了……

这次之后,陈盼盼真的没再犯事儿。

但是学校这块地方,无风不起浪,有浪百丈高,学校的同学们都知道陈盼盼偷过胸罩,一个个都瞧不起他。有一次,几个同学指指点点地骂他"无耻"、"下流",被林茹知道后叫到办公室狠狠训了一顿,又在班上让他们当众向陈盼盼赔礼道了歉。可尽管这样,许多同学还是不断用鄙夷的眼光打量他,连一些原来跟他很接近的同学,也像害怕瘟疫一样对他避而远之。渐渐地,陈盼盼变得更孤僻了,好几天说不了一句话,成绩也明显退步了。

有好几次,林茹还发现,陈盼盼一个人在角落里悄悄地抹眼泪。

看到这些,林茹的心中又生出了几分怜悯和不安:毕竟,他还是个不完全懂事的孩子,总不能让这事毁了他呀!

为了给陈盼盼一些自尊和鼓励,林茹恰当地在班上表扬了他几次。学校放寒假前,林茹还特意将他叫到办公室,把自己的一支自来水笔和一套试卷送给他,叮嘱他在寒假里好好补一补功课。

然而寒假结束开学后,陈盼盼却没有到学校来。林茹一打听,才知道陈盼盼得了病,竟是血癌,由于病情严重,他不得不停学了。

一个周末的下午,林茹正在参加同学们自己组织的课间活动,忽见大家"叽叽喳喳"着朝教室门外掉过头去。林茹一看,原来门外站着一个老大爷,是陈盼盼的外公。

林茹上前问道:"外公,陈盼盼的病怎么样?好点了吗?"

"医生说,孩子这病……"老大爷咽下了话,噙着眼泪转过脸去,"这两天,孩子总哭着跟我说,说他想,想……"老大爷"吭哧"着,还有半截话怎么也说不完整。

终于,老大爷像是鼓起了勇气,嘶哑着声音说:"林老师,我是个粗人,没啥见识,盼盼惹事的那回,我心里一急一慌,有些话也没敢跟你细说。"

看情景,林茹猜想这其中可能会有难言的事儿,便拉了张椅子让他坐了下来:"大爷,你就尽管说吧。"

"好,这就好。"老大爷稳了稳神,一字一句说得很慢,"你不晓得,盼盼这孩子苦命啊,他出生才九个月,那狗日的他爹就变心甩下了他妈,他妈一时没想开,喝了农药……孩子没人管了,又才那么点大,天天夜晚钻在我这外公的怀里,一声一声地哭着要妈妈,要奶儿,两只小手拼命地在我胸脯上扒摸……眼看这孩子瘦成了皮包骨,我实在没招儿,只好把他妈用过的一副胸罩拿了出来,套在我的胸脯上,就那么一夜一夜地让他摸着睡觉,才总算把个孩子哄着熬过来了。唉,哪曾想,孩子从那就养成了这么个习惯,天天夜晚总得摸着个胸罩才能睡好觉,一直长到这么大了也没能改掉……"

"原来是这样?"林茹一下子怔住了:陈盼盼犯错误,显然并不是因为坏品行,而是从小失去母爱的苦难,在他心灵上留下的一道畸形障碍。

像被一种什么力量驱使着,林茹待不住了,她当即陪着老大爷赶往医院,去看陈盼盼。

陈盼盼的病床旁边,正摆着林茹送的那支自来水笔,还有那套已经做完的试卷。

一见老师来了,陈盼盼那无神的眼里闪起了泪光:"林老师……我不能去上学了。"

"没关系,等病好了回到学校,老师给你补课。"

"林老师,你还生我的气吗?我对不起你。"

林茹坐到陈盼盼的病床边,轻轻抚摸着他的头,说:"不,是老师对不起你,老师以前对你关心和了解不够。"

"老师,我惹你生气过,可是,我不是个坏孩子。"陈盼盼吃力地伸手从怀里摸出一张黑白照片,递了过来。

林茹看了一愣:"这是谁呀?"

"这是我妈妈的照片,林老师,你长得好像我妈妈……"

端详着照片上那个长得确实很像自己的妇女,林茹什么都明白了。

陈盼盼两眼望着林茹,又说:"林老师,我从小就没有妈妈,你不知道,我晚上睡觉的时候,每当自己手摸着胸罩,就像是躺在我妈妈的怀里一样……"

"盼盼……"林茹的鼻子发酸,眼睛很快被泪水模糊了。此时此刻,一种圣洁的感情突然涌上她的心头,她俯下身,把陈盼盼紧紧搂在怀里:"盼盼,我就是你妈妈,你就搂着我,好好睡吧!"

"老师,妈妈……"陈盼盼幸福地依偎在林茹的怀里,惨无血色的脸上沁出一丝幸福的红晕,泪水"哗哗"地滚落下来。

这时,病房门外传来一阵动静,原来是班上的同学们,不知啥时全都悄悄地来了,小灵通跑过来,拉着陈盼盼的手,失声痛哭……

(林　森)

　　黑山屯是一个十分偏僻的小山村,这里不通火车,就是到县城的长途汽车,也得翻越好几座大山才乘得到。在这个偏远的小山村里,有一所小学和初中混合的学校,陈明就是这所学校初一年级的学生。

　　初秋的一个星期天,这群大大小小的孩子在一位女教师的带领下,第一次走出大山,来到了省城的儿童乐园。

　　儿童乐园里热闹极了,有高空缆车、小汽船、电动小火车……女教师领孩子们来到了小火车售票口,她看了一下价格,细心地计算了一下:如果把小火车上的座位都包下,就能省五元钱。可是,她又看到车上只有十七个座位,而学生却有十八名。女教师看了看陈明,轻轻叹了口气,便买了十七张票。

孩子们欢呼起来,都抢着要上小火车。陈明虽然瘦小,却很会用劲,一下子就挤到了车门前。女教师见状,二话没说,一把就将他拉了出来,陈明委屈地站到了一边……

所有的同学都上车了,小火车欢快地开走了。栏杆外,陈明只能眼巴巴地看着小火车一圈圈地从眼前驶过。

小火车终于停了下来,孩子们走下火车,一个个开心极了,大家缠着女教师问这问那,女教师一一给他们讲解,唯独陈明一人闷闷不乐……

接着,女教师又挑了几个既经济又好玩的游戏,让同学们玩儿。

吃饭时间到了,玩了半天的孩子们肚子也饿了,女教师领着学生们进了一家小吃店。这群孩子还从没进饭店吃过饭,女教师把他们安排在一张大餐桌前,孩子们一个挨一个地坐下。可是,怎么挤也差一个座位,眼下正是吃午饭的时候,没有其他座位了。

这时,女教师的目光又落在陈明的身上,陈明明白女教师的意思,他不等女教师开口,便自觉地把座位让了出来,默默地站到一边……

饭菜上来了,孩子们狼吞虎咽地吃起来。饭菜的香味儿直往陈明的鼻子里钻,他努力地控制着自己不往桌上看。

看到同学们已经开始吃了,女教师才领着陈明来到一个角落里坐下,她向服务小姐要了一碗开水,陈明从女教师手里接过包,又从包里拿出干粮递给女教师,两人便一口干粮就一口开水吃了起来。

女教师见陈明半天没出声,就轻声问:"陈明,还生我的气吗?"

陈明十分懂事地摇摇头。

女教师亲切地抚摸着陈明的头,从兜里掏出几块零钱,说:

"除去回去的路费,我的工资只剩下这些,所以,我们只能这样将就吃了。"

她看了看那些吃得正香的孩子,说:"你比他们大,要懂事。将来你考上大学,我坐真火车送你去读书,那时,我一定带你到省城最好的饭店去,好好地吃一顿!"

陈明这时候再也忍不住了,泪珠儿一下子蹦出了眼眶……

几年以后,陈明考上了大学,这一次,他真的要走出大山去坐火车了,可是,那位山村女教师却因积劳成疾,身体十分虚弱,连到火车站送他的力气都没有了。

离开黑山屯的那天,陈明来到女教师的病床前,含着眼泪说:"我是大山的儿子,大学毕业以后,我一定会回来的……"

陈明在大学里十分刻苦,他边学习边打工,四年当中没让家里给他邮一分钱。大学毕业时,他没忘记自己的诺言,主动放弃了留在省城工作的机会,回到黑山屯当教师。

黑山屯第一次有了自己的大学生,淳朴的山里人比过年还高兴,大家放鞭炮、挂红灯,还杀了一口大肥猪……为陈明开了一个非常隆重的欢迎大会。

在这个大喜的日子里,人们不禁想起了那个为山里的孩子们耗尽了生命的女教师。

陈明在乡亲们的簇拥下来到学校后面的山坡上,在青松环绕的一座孤坟前,陈明把一束鲜花摆放在女教师洁白的墓碑前,他含着眼泪屈膝跪下,哽咽道:"妈妈,你的明儿回来了……"

(崔新巍)

知 过 悔 改

内疚是生命力的表现，使他从昏昏欲睡中清醒过来。

好你个村长

　　这天傍晚,青杉村村长修完水渠,扛着锄头回家,当他刚拐过一个山湾时,只听前边传来一阵女人的呼救声:"救命,救命啊……"

　　村长一听到这声音,立即循声上前,只见一个歹徒正在撕扯一个姑娘的衣裳。

　　他顿时热血沸腾,火冒三丈,举起锄头吼道:"哪来的畜生,竟敢在此作恶? 你不想坐牢就快放了她!"

　　谁知话音刚落,歹徒"哧溜"一下拔出枪来,对准了村长说:"怎么,活得不耐烦了是不是? 你若不想死,就少管闲事,给我滚开!"

　　村长先是一愣,但很快镇定下来,心想:他怎会有枪? 啊,肯定是假枪,拿着吓唬人的,我可不能上当,绝不可见了假枪就退缩,村长就得像个村长,坚决为民除害!

于是,村长严厉地说:"我堂堂一村之长,还怕你威胁不成?!你小子敢开枪,那就犯了死罪。我警告你,快放了她,争取从宽处理。"

歹徒哈哈大笑之后,又凶相毕露地说:"老子本来只是想玩一下这个姑娘的,既然你村长硬要凑热闹,那我就两个一起玩,先看看你这个村长有多大的能耐!"随即"砰"地一声枪响,子弹"嗖"一下冲着村长擦肩而过。

村长大吃一惊,他想不到歹徒拿的是真枪,而且真敢开枪,不觉浑身打起抖来,手里的锄头也"哐当"落了地。

歹徒一脸狞笑,似乎还不过瘾,又下了命令:"你如想活着回去,就给我把手举起来!"

村长知道,举手意味着什么,他只觉得双手十分沉重,怎么也举不起来。

于是歹徒又朝他开了一枪,子弹从他耳边飞了过去。

这一枪打得村长晕头转向,什么尊严,什么名声,全都抛到脑后,当即举起了双手。

歹徒乐了:"嗯,这还差不多,有点像个村长的样子了。不过还差一点点,你应该喊'好汉饶命',我才放你一条生路。快喊吧。"

村长这时连半点骨气也没有了,马上顺从地跪地喊道:"好汉饶命。"

歹徒大获全胜,得意地说:"你这个堂堂一村之长,原来也是贪生怕死的料儿,就凭这点,我绝不杀你。不过你得跪着,等我干完好事你才能走!"

他说完,抱起那个连吓带恨早已昏死过去的姑娘,钻进了树丛里……

村长趴在地上,连头也不敢抬,恨不得挖个地洞钻下去。

过了好久,从树林里传来了姑娘的哭声,那悲切的声音,令人心碎。村长连忙爬起来,上前一看,歹徒已经走了,姑娘则披头散发,一味地嚎哭,

村长这才发现,受害的姑娘正是自己村里的,名叫周翠鸟。于是连忙上前劝说:"翠鸟,别哭了,事情已经发生,人家又带着枪,这也是没办法的事。你还是个姑娘家,这事千万不能说出去,要是被人知道,那你的日子就难过了。大叔很同情你,我会帮你保密的,走,咱们回家吧。"说着,去拉周翠鸟。

正在这时,姑娘听到父母的呼唤声,知道家里人因天黑还不见她回家,急着来找她了,于是甩开村长的手,发疯似的朝父母身边奔去。

翠鸟向父母哭诉自己的不幸遭遇,父母又把事情告诉了村里人,这一下激起了全村人的怒火,大家点起火把,聚在一起,决心上山寻找歹徒,为周翠鸟报仇雪恨。

人们刚走到村口,正好碰上村长,这确有点狭路相逢的味道,大家围住了村长,满腔怒火都向他喷射,有的骂他"狗熊",有的骂他"软壳蛋",有的骂他"叛徒"……

老支书站到土坡上,说:"我们全体村民投票选出来的村长,在关键时刻,居然向犯罪分子举手投降,下跪求饶!这是天大的丑事,把全村人的脸面都丢尽了,这哪像个共产党的村长?我提议,罢免这样没有骨气的村长,请村民委员会报请乡里批准。"

他话音一落,所有的人都鼓起掌来。

村长深感无地自容,低着头说:"我贪生怕死,见死不救,我不是人,我对不起大家。"

至此,村民们分成了两拨,年轻力壮的上山搜寻歹徒,其余回家休息。只丢下村长一人,呆呆地站了好一会儿,才长长地叹了口气,迈着沉重的脚步回家。

村长到了自家门边，推推门，发现门已上了栓，只得边敲门边喊老婆开门。

谁知他老婆却没好气地说："你还有脸回来呐！除非你把坏蛋抓住，不然就不要回来，免得我看见你恶心！"

这几句话犹如五雷轰顶，惊得村长头晕目眩。想不到一失足成千古恨，连亲人都容不下自己了，真是生不如死啊！

村长决定跳河自杀，一死了之，可到河边又改变了主意，觉得这样死了不值得，村里人会更加看不起自己。

这时，他想起了老婆说的那句话，"除非你把坏蛋抓住"。对，哪怕掘地三尺，也要抓住那个歹徒。

可是到哪里去找他呢？

村长躺在草地上想了大半夜，终于有了办法。

他从歹徒的说话声判断，歹徒定是本地人。他还记得歹徒脸上有一条长长的刀疤，那是他的"商标"，一眼就能认出来。再加上自己曾经当过赤脚医生，有专治跌打损伤的祖传秘方。凭这些就可以外出行医，既可以此谋生，又可寻找那个狗杂种！

说干就干，村长到城里买了假发、假胡子，把自己打扮成一个上了年纪的游医，戴上墨镜，挎起药箱，开始了赶乡场的行当。

每到一处，村长就挂起旗幡，敲响小铜锣，嘴里喊道："祖传秘方治疤痕，药到疤除特别灵，身上有疤快来治，错过机会要伤心。"

这一招还真见效，一下子就围上来许多人，有看热闹的，也有求治疤痕的。

村长自然十分热情，既认真，收费也很低，而且还记下每个患者的姓名和住址，说是要来复查，如果疤痕不消除就退还全部医药费。

这一来，他的生意就一天比一天兴隆了。

但奇怪的是，三个月过去了，他跑过二十多个乡场，给几百号人治过疤痕,却没有见到他一心要抓的那个狗杂种。

这家伙脸上有个刀疤呀,为什么不露面呢? 莫非他已流窜到外地去了?

其实,那歹徒并未远走高飞,只是因为风声较紧,不敢轻举妄动。

不过,当他得知那个四处治疤痕的老头就是贪生怕死的村长后,不但不害怕,反而胆子大了起来。他想,自己脸上那个刀疤很容易给人留下把柄,这次何不趁机……

这天,村长做完生意,正要收摊,来了个长发遮脸的女人,怪腔怪调地问道:"先生,请你给治治伤疤好吗?"

村长朝女人看看,说:"伤疤呢? 是不是长在脸上? 让我看过才能下药呀!"

女人摇摇头:"不是我,是我男人屁股上有个疤,他不肯到街上来脱裤子丢人现眼,请你到我们家去,离这里不远,我们多付些钱,好吗?"

村长想了想,说:"好,那就走吧。"

其实,那女人的家并不近,那是山垭里的一座小屋,单门独户,破旧而且杂乱。

进屋后,女人随手把门拴上,然后又三下五除二脱去衣服,扯掉长发,抓起一把枪,指指脸上的刀疤说:"村长大人,你这下认出我来了吧? 咱们一红一黑,也许前世有缘,又走到一块来了。上次你跟我作对,我可是手下留情,放了你一条生路,想不到你小子恩将仇报,化了装冒充医生,四处找我,还想抓我。今天,我把你请到家里来,你做梦也想不到吧?"

村长冷冷一笑,说:"你太小看我的眼力了,你以为弄几根毛毛把半张脸盖住就能蒙住我? 不! 当你在我面前一出现,吐出那几句怪声怪气的话,我就知道你是谁了。可我还是跟你来了,你道为了什么? 因为我已不是村长,而是医生! 医生不管好人坏人,只管病人,你请我,我当然要来。你说我化装冒充医生,实在幼稚得可笑。你想想,要是有人认出我是青杉村那个贪生怕死的村长,谁还会让我看病?为了混饭吃,不化装行吗?"

歹徒扬了扬手里的枪,说:"好了,废话少说,言归正传。你若能把我脸上这块刀疤抹掉,那就算你真是医生,我绝不动你一根汗毛;如果抹不掉,那就对不起,休怪我心狠手辣!"

村长十分镇定:"我保证药到疤除,但得先看一看,摸一摸,按一按,才能对症下药。"

歹徒咬咬牙:"好吧,你可以看,可以摸,可以按,但不能玩花招。告诉你,这枪里有子弹,我一扣扳机就可送你上西天!"

村长听了好不恼火,真想一把将他掐死,但还是强压怒火,不动声色地迎着枪口走上前去,先看了看,又摸了摸,然后一把抓住刀疤,使劲地捏,痛得歹徒"哇哇"直叫:"啊,疼死我了,你轻点不行吗?"

村长松了手,说:"别叫得那么吓人,我只是要看看这疤能否掐出水来,因为掐得出水跟掐不出水,下药是不一样的。好了,现在都弄明白了,我这就给你配药。"

他说完便打开药箱,配了一大一小两瓶药给歹徒,并说:"这大瓶是喝的,最好一次喝光,喝后睡一觉,然后再用小瓶子里的药涂刀疤,肯定见效。"

他交待完毕,挎起药箱就走,哪知歹徒一把拖住他说:"你想走?这不行!在我脸上的刀疤抹掉之前,你休想走出我家门一步。"

说着,歹徒将村长拖进一间连窗户也没有的小屋里,锁上了门。

村长没说半句怨言,反而得意地笑了,心想:你别高兴得太早,只要你喝下我的药,用不了多少时候,你就成了一头死猪,等我叫人来把你捆住,你还不知怎么回事。

时至半夜,村长准备行动,但不知歹徒是不是喝了药。

为了试探,他心生一计,扯开喉咙唱山歌,唱了半天也没动静。又使劲捶门,边捶边喊:"快开门,我肚子饿极了,让我吃点东西!"叫了一阵,依然毫无反应。

他这才放心,一脚把门踢开,再去推推歹徒的房门,里面拴得死死的,连忙破门而去,讨救兵去了。

村长摸黑在崎岖的山道上奔走了足足半个小时,来到一个小小的村子旁边,被几个当地值勤的民兵拦住盘问。

村长将情况细细一说,民兵觉得事关重大,立即集中了十几个人,兵分两路,一路直奔十多里路外的派出所报告,一路跟村长进山捉拿歹徒。

村长领着民兵很快到了山坳里,他让民兵包围小屋,自己先进去看看。

可他撞开房门一看,不觉傻了眼,床上空空的,歹徒已不知去向。

难道又上当了?

突然,从墙角边发出了歹徒的说话声:"你狗日的好啊,给我吃的是什么药?是不是迷魂药?好在我只喝了几口,打了个盹就醒了。你说,究竟想干什么?"说着,举起了枪。

村长非常后悔低估了歹徒,没有看着他把药喝光,没有趁他睡着把他的枪拿走。唉,后悔有什么用呢?当务之急是如何扭转这被动的局面。

村长想了想,说:"你用不着虚张声势,我也不再是那个贪生怕死的村长了。告诉你,你已经被包围了,放下武器、举手投降,才是你唯一的出路!"

他说完,一个箭步冲上去,用双手把歹徒拦腰抱住,大声喊道:"快来抓坏蛋呀!"

可是,他话刚出口,歹徒的枪响了,子弹射进了村长的胸膛,但村长依然紧紧地抱着歹徒不松手。

民兵们一拥而上，三下五除二就制服了歹徒。

村长很快被送到医院，但已经不行了。

临死前，他只说了一句话："我想回家。"

青杉村的村民们得知这一消息后，大为震惊，许多人都哭了。

村支书说："咱们的村长最终没给青杉村丢脸，是好样的，我们应该去接他回来，愿意去的跟我走！"

当天晚上，大部分村民，包括周翠鸟一家，有打手电的，有点火把的，浩浩荡荡，在村支书的带领下，去接村长了……

（吴 为）

教训

　　宝山快到知天命的年龄了,还牢牢记着父亲的教诲:"不该拿的别拿,不该吃的别吃。"

　　说起来,教训挺深刻的。

　　三十多年前那个自然灾害的年头,宝山只有二十来岁,一天,骑了自行车出去,公路上迎面驶来一辆部队的吉普车,车后面还拖了一只挂斗,挂斗里是一头养得肥肥壮壮的大活猪。过铁路道口时,这头大活猪从挂斗里跳出来,翻了个跟斗,正好跌在宝山面前。宝山忙停了自行车,看到那猪被摔得呆头呆脑的,一动也不动,再朝四周看看,没有一个人,他心里一动,忙解下自行车上的棉纱绳,系在猪的脖子上,转身牵了就跑。

　　那猪乖乖地跟宝山跑着,宝山心里别提多高兴了:眼下是自然灾害年头，一个人一个月只有二两半肉票，这么一头大活猪，该抵多少张肉票呀？一想到瘪塌塌的肚子里马上要大加油水了，宝山馋得口水都流了下来。

宝山兴奋地一手推着自行车，一手牵着大活猪，兴致勃勃地在公路上走着。倏地他想到：如果那开车的司机发现猪逃了，回转来寻找，那自己不是一场空欢喜？得赶快跑！于是，宝山把牵在手里的绳子系到自行车的后座架上，骑上自行车，踏得飞快，那猪自然也跟着跑起来。

谁知只跑了一根电线杆距离，那猪清醒了，猛地蹦跳起来，没命地挣脱绳子。顿时车翻人倒，宝山的头上、手上、膝盖上皮破血流，自行车压在他身上，那猪又拖着自行车乱奔乱跳，发出一阵阵凄凉的嚎叫。

不少行人一看宝山这副样子，立即冲上来帮忙，他们捉住那头猪，把宝山从自行车下扶了起来，还七嘴八舌地说宝山年轻不懂事，哪有把猪当狗牵的？

这时候，部队的吉普车又开回来了，他们见逃掉的猪被绳子牵住了，又看宝山这副受伤的样子，二话没说就把他往医院里送。他们对医生说，宝山是为部队捉逃跑的猪受的伤，一定要认真给他治。

宝山心里那个愧呀，暗暗庆幸自己：幸好没让部队知道他牵猪的目的。

宝山从医院里出来时，头上、手上、膝盖上都裹着白白的纱布。回到村里，邻居们知道宝山为部队捉猪光荣负伤，都来看他，称赞他做了一件好事。

只有父亲怀疑，他说："捉一头猪，怎么会弄成这样？"

在父亲面前，宝山从来不敢说假话，父亲那严厉的目光，能把宝山的心底看穿。宝山只好老老实实把事情的真相对父亲说了。

父亲听完,沉思了好一阵,对宝山说:"你跌成这副样子,但换来皮肉痛苦的教训,是大幸呀!"

宝山弄不明白:偷鸡不着蚀把米,怎么会是大幸?

父亲看宝山一眼,说:"如果你把猪牵回家,部队的人寻上门来,把猪要回去,影响了名声。名声的教训,是小幸。"

宝山问:"那不幸呢?"

父亲瞪眼望着宝山,挺严肃地说:"你把猪牵回来杀了,吃了,没人知道,没有教训,那才是不幸。"

这怎么是不幸呢?宝山眨巴着眼睛,望着父亲。

父亲说:"你不该拿的拿了,不该吃的吃了,贪心有了,人品没了,怎么不是做人的不幸?"

该死!宝山狠捶自己的脑门:我怎么没想到这一层道理?

父亲又语重心长地说:"你千万要记住,贪是贫的壳,越贪越贫,世上没有靠贪能富得太太平平、传子传孙的人家。"

父亲虽然只是一个庄稼人,没有什么学历,但他这番富有哲理的话,就像重锤敲着宝山的心弦。宝山的伤口虽然还在疼痛,但这个教训已经深深地烙进了他的心里。

宝山明白父亲的意思——不该拿的别拿,不该吃的别吃。他牢记着父亲的话,几十年过去了,人不懒,心不贪,嘴不馋,手不长,每一天都活得心安理得。

父亲的话,使宝山终身受益。

(张长公)

永远的忏悔

那是小华辍学在家的第一个夏季。

不知为啥,那年夏季卖冰棍的,全都是十几岁的少男少女。看到几个平时要好的伙伴,一个个都出门赚钱去了,小华心里不禁蠢蠢欲动。

一天,小华的好同学姚丽来到她家,把卖冰棍的事说得天花乱坠的,还鼓励小华卖冰棍,勤工俭学。小华一时脑子发热,找到她爹,提出要出去卖冰棍。

小华爹是个爽快人,当下就点头,对小华说:"行,过几天,给你钉个箱子,车子是现成的,你没啥事,到外面转转也好。"

第二天一早,小华还在梦乡里,就被她爹摇醒了:"娃,起来,我昨天去喳岈山给你买了个冰棒箱,你看,今儿就可以卖冰棍了。"

小华爹搬出自行车,绑好冰棍箱,嘱咐小华说:"没卖过,开始不要批那么多,天热冰棍化得快。"

小华一骨碌爬起来,三分钟洗漱一通,吃个馍,揣上她爹给的 5 块钱,然后出门找到姚丽,一起赶到冷饮批发站。

那天天很热,批发冰棍的人也很多,轮到小华她们已是上午 10 点多了。

姚丽交上 15 块钱,说:"批 100 个雪糕,100 个冰棍。"

"小丽。"小华拉了拉她的衣服,轻轻地叫道。

"有话出去再说,快装冰棍,每人冰棍、雪糕各 50 个,平分。"

小华不再吭声,低着头帮姚丽把冰棍塞进箱子,一会儿,两人便离开了批发站。

在路上,小华忍不住对姚丽说:"小丽,我只拿了 5 块钱,本想少批点冰棍雪糕。再说你知道,我嘴笨,话说不好,又没干过这事。"

"嘻嘻,"姚丽笑着说,"你别怕!你忘了咱俩从小一起长大,一起上学,还一起逃学,摘梨偷杏扒蝎子?以前咱俩吃啥东西,都是每人一半;现在呀,还一样,我的就是你的,保你吃不了亏!"

"小丽,我是怕万一卖不掉,我没钱还你。"

"又是钱!你能不能别提这事。我教你吆喝,冰棍雪糕——喊!"

"冰棍雪糕!"小华埋下头,低低地叫了一句。

"抬起头,大声点,再吆喝一句,别怕,路上没人。"

"冰棍雪糕——"

"OK,真棒。"姚丽在小华面前跷起大拇指。

两个人一起转了几个村庄,晌午时果然已卖掉很多冰棍了。

在一座小桥上,她们歇了好一会儿,姚丽推了推小华,老练地对她说:"前面是方庄,你从村中往北,我从村中往南,咱俩分开卖,回头在这小桥上见。"

"好!"

"冰棍雪糕,冰棍雪糕……"小华推着车子,在炎炎烈日下拼命地吆喝。可老半天都没一个人买她的冰棍,她不由暗暗骂自己:怎么这么笨,难道离开姚丽,自己真就一事无成?

"冰棍雪糕,冰棍雪糕……"小华推着车子走到方庄的最后一排人家时,她的脚步重得像灌了铅似的,心里已绝望了。

"冰棍雪糕,冰棍雪糕——"

正在这时,不知从哪里"腾腾"跑出来一个三四岁的小男孩:"大姐姐,雪糕咋卖? 你看我的钱够买一个呗?"小男孩伸出胖乎乎的小手,把钱递了过来。

这是一张卷成卷的百元大钞! 小华的呼吸粗了起来。

"大姐姐,钱够吗?"小男孩看小华迟疑的样子,又问了一句。

"够了,够了。"小华连声说,弯腰给他拿雪糕。

小男孩把小手在背心上擦擦,接过小华递给他的雪糕,小华一声"喂——"喊找钱,却没叫住他,他"腾腾腾"已经跑远了。

小华手里捏着一百块钱,犹豫了起来。突然,她心里闪过一个念头,掉转自行车龙头,跨上自行车,飞也似的逃出了方庄,往小桥处赶去。

此时姚丽正坐在树阴下吃雪糕,看小华出来了,忙站起来问:"卖完了?"

"没有。咱快走吧。"

"怎么了?"

"快走吧,我很饿。"

"那,没剩几根了吧?"

小华嘴里"嗯"了一声,算作回答……回到家里,小华推说累得慌,饭也没吃,倒头便睡。

可哪里能睡得着呢? 她一闭上眼,眼前就出现烈日下的那个小男孩:浓眉大眼,胖乎乎的脸蛋……想起白天所做的一切,突然间,小华觉得自己简直不是人,是混账,是王八蛋!

小华迷迷糊糊地睡着了,醒来时,已是第二天上午10点钟了,姚丽已经来了。

小华抬起头,对姚丽说:"我今儿不卖冰棍了,很累,我想休息一下。"

姚丽说:"我不是来找你卖冰棍的。你知道不? 昨个咱去卖冰棍的那个方庄,出事了。"

"出啥事了?"小华一撅屁股爬起来。

"是我爸说的。昨天方庄有个小孩,拿了他家卖猪的100块钱去买冰棍,被他爸狠狠地扇了一巴掌,谁知道一失手,竟把那小孩打死了。小孩他妈抱着儿子的尸体哭天抢地,后来,偷偷地跑进屋喝了一瓶农药,小孩他爸一时急疯了。"

"那小孩死了?"如同五雷轰顶,小华呆住了……

后来几天,小华都没出去卖冰棍。

到第七天,小华步行十几里路去了方庄。村北的荒野上多了一堆新土,没有花圈,坟前只摆了几块旧砖。

小华静静地站在那里。她觉得这是她因自己的一念之差为他们母子铸造的坟墓,这坟墓里埋葬着她那卑鄙无耻的贪欲与不可饶恕的罪恶。她觉得,躺在坟墓里的,应该是她!

"小华,"不知啥时,姚丽已轻轻地站在了小华的身后,眼睛红红的。"这一切并不全都是你的错,我不该拉你去卖冰棍,不该带你来方庄,更不该和你分开。我们是一对好姐妹,你说过。"

后来,小华和姚丽又路过方庄时,一位老大爷告诉她们:那小孩他爸在发疯的第二天就走了,疯疯癫癫地不知上哪去了……

多少年过去了,唯一知道隐情的姚丽,在一场车祸中死去。

可小华的犯罪感并没减轻一分,她一直希望能碰上那个疯疯癫癫的小男孩他爸,跪在他的面前磕几个响头。小华不乞求他的原谅,只想对他说,她就是数年前那场灾难的肇事者,然后一切由他处置。

可始终没有。

于是,小华决定将这事儿的真相公布于世,只希望他人别被邪念糊住了双眼……

(申宝童)

救　人

　　谷子生来不是当英雄的料,可命运却偏偏赐予他这样的机遇。

　　这天,谷子到新沟镇去出差,途中要靠小木船渡过湍急的东荆河,然后才能到达目的地。

　　正逢涨水季节,小木船在两岸往返,一次要花很长时间。所以,当小木船刚刚靠岸,不等送完从对岸过来的客人,岸边的人就按捺不住焦躁的心情,纷纷向小木船拥去。

　　摆渡的艄公大声呼喊:"喂,要一个一个来,不要挤!"没料话音未落,只听"咚"的一声,一个小青年已经掉入水中。

　　开始,大家都没在意,以为他很快会游上岸来。没料,他在水中"扑腾腾"地拼命挣扎,反而离岸越来越远。大家这才明白,这人是一只"旱鸭子"。

怎么办？望着冰凉湍急的河水，大家都只傻傻地望着，没有一个人下水救人。看那小青年在水中挣扎的痛苦劲，谷子很想跳下去救他，但一考虑自己只会点"狗爬式"，又犹豫了。没料到谷子身后看热闹的人拼命往前挤，谷子想顶住，却一点没有用，结果"嘟"地一声，谷子也掉入了水中。

冰凉的河水立即浸透了谷子的衣服，直扎肌肤。真冷啊，谷子直打哆嗦。

谷子刚想转身游回岸边，忽听得岸上有人喊："快来看，有英雄下水救人了！"

当时，谷子只觉得双颊发烧。突然，他萌发一个念头：嘿，反正豁出去了，冒牌英雄就索性"冒"下去吧！于是，把牙一咬，尽快挥动双臂向落水青年游去，三下二下，居然追着了那个落水青年。

也许是谷子的行动感染了大家，他们拼命划动小木船向谷子靠拢，有的伸竹篙，有的伸木桨，还一个劲地嚷嚷："小伙子，坚持一会儿。"

谷子俨然一副英雄神态，左手紧紧抱住落水青年，右手紧紧抓住小木船上伸过来的竹篙，就这样，慢慢靠近了岸边。

好不容易上了岸，谷子刚想歇下来喘口气，没料那小青年猛地挣脱他，拼命朝河岸下游跑去。

谷子站起来，高声喊："你干什么去？"

那小青年边跑边答："我的提包被水冲走啦！"

大家都认为那提包里有什么重要物品，也就让那小青年自己去找提包了。

这时，岸上的人们围过来了，向谷子问寒问暖，谷子心里正得意哩，一扭头，却发现那小青年在不远处的河边又跳入水中。隐约之中，那个提包和他在水中一起一伏，顺流而下。

谷子来不及多想,疾步跑过去,也迅速跳入了水中。

这次谷子不行了,刚下水就觉得四肢无力,大脑中一片空白,身体慢慢往下沉去……

谷子醒来时,人们像围墙似的站在他的身边,关切地问这问那。在"唧唧喳喳"的声音里,谷子听出了一点眉目:当他第二次跳下水救人时,有七八个男子汉随后也跳入了河中,不仅救起了那个小青年,也救起了谷子。

谷子刚想问问那落水的小青年现在如何,忽听得身边有低低的啜泣声,他扭头一看,正是那落水青年,双膝跪在地上,两眼哭得红肿。

谷子笑着说:"别哭了,你看我不是没死吗?"

他说:"我不是哭你,我是哭我自己。"

谷子诧异了,问道:"哭你自己?"

小青年抹了一把眼泪,伤心地说道:"我是从劳教所逃出来的。我很小的时候,父母就离婚了。母亲改嫁后,继父对我非常凶狠,经常为一点小事打得我遍体鳞伤,甚至还不给我饭吃,我就逃出了家门。一开始四处讨饭,有时讨不到,饿极了,就忍不住偷人家的东西。日子长了,我越来越不相信任何人,我总认为人与人之间除了自私、虚伪、相互坑害之外,再没有别的什么了。可是今天,你们两次救了我的性命,我真的……"说到这儿,他泪如雨下,哽咽着说不下去。

片刻,他又打开提包,从里面掏出一个谷子非常熟悉的票包,羞愧地对谷子说:"好兄弟,这是我在上船之前,趁人拥挤,从你身上偷来的钱包。"

他这一提醒,谷子下意识地一摸口袋:嘿,钱包真的没有了!钱包里面的钱少了倒是小事,支票和其他票证少了那才麻烦了。

小青年把钱包递到谷子手上,又说:"我之所以拼命下河去捞这个提包,就是为了把钱包还给你。今天,我看到了,人世间,还是好人多。谢谢你们！请你们相信我，我会好好做人，不会忘记你们的！"说完，小青年在岸边重重地向众人叩了三个响头，然后，毅然地立起身，扭头向回走去……

谷子看见他的额头上流出了鲜血。

几年过去了，谷子一直在惦念那落水青年，不知他是否真的开始了新的人生。

（刘国祥）